Emma Swan

e l'eredità di Adele Filò

di Simona Urso

ZeroBook

2018

Titolo originario: *Emma Swan e l'eredità di Adele Filò / di Simona Urso*

Questo libro è stato edito da ZeroBook: <u>www.zerobook.it</u>.
Prima edizione: novembre 2018
Ebook: ISBN 978-88-6711-153-4

Illustrazioni di Loredana Atzei:
https://www.facebook.com/redcat1234/

Controllo qualità ZeroBook: se trovi un errore, segnalacelo!
Email: <u>zerobook@girodivite.it</u>

Indice generale

Presentazione

La Protagonista
Emma Swan, Quindicenne, intelligente, carina, curiosa, testarda è la nostra protagonista.

Famiglia di Emma
Pernille Chevalier, madre di Emma, giornalista in carriera molto ambiziosa

Ethan Swan, padre di Emma, ex marito di Pernille, fumettista

Leda Swan, nonna di Emma, madre di Ethan e direttrice della biblioteca di Walden

Amici di Emma
Laia, la migliore amica di Emma; sveglia e con un bel caratterino, a volte un po' ombroso

Maiumi, giapponese in trasferta, gaia come un uccellino e sveglia come un furetto

Ezrah, moolto intelligente e altrettanto pedante

Jakob, regista e filosofo in erba, malinconico

Ari, di origine greca, vorrebbe fare l'attore, ma anche altre cose, ha sempre ragione (crede)

Desirèe (Daisy) gemella di Heidi, frivola, fifona e socialite. È la gemella bassa

Haidèe (Heidi), gemella di Daisy, timida ma decisa. È la gemella alta

Nemici di Emma

Lucius Trumpet, in ogni storia serve un cattivo. In questa è lui: è padrone del giornale in cui lavora Pernille e di un sacco di altre cose

Xavier Maldonado, sindaco di Walden, un tempo fidanzato con nonna Leda. È pavido e ambizioso

Jamon, riccone, ignorante come una cocuzza, presidente dell'associazione Imprenditori Generosi

Personaggi secondari (ma non troppo)

Nanette von Biederman madre di Heidi e Daisy. No comment

Pierre, ex rugbista e amico carissimo di Ethan, padrone del ristorante Chez Pierre

Yvette, madre di Pierre. Molto francese

Anna Salomon, insegnante di Emma

Zia Petunia, anziana zia delle gemelle. Sembra svanita...

Madame Clorette, governante di Petunia

Milo Kovacs, architetto, padre di Jakob

Maggie, pasticcera della città

Magda, madre di Maggie. Dicevano anche di lei che era svanita...

Atticus Bartholomew, archivista capo della Città e amico di nonna Leda

Pru, gatta di nonna Leda. Feroce

1. Il ritorno

"Non cercate Walden su una carta geografica.
Non la trovereste"
(Adele Filò)

Prologo

20 giugno
Charming City, capitale della Nazione, ore 18,00

La donna bella con i capelli rossi entrò nell'atrio del *Charming City Plaza Hotel* e si fece indicare la saletta riservata per i clienti business: «Sono attesa» aggiunse.

«Si accomodi madame. È la porta in fondo sulla destra. Desidera qualcosa da bere nel frattempo?»

«Un succo di pompelmo»

«Uno anche per me. Scioglie il grasso in eccesso». Il suo interlocutore era arrivato e la guardava con un ampio sorriso soddisfatto da padrone del mondo. «E poi per favore non desideriamo essere disturbati oltre. Suoneremo, nel caso»

«Come desidera, signore»

Entrarono e si sedettero.

«Mia cara, eccoci. Temevo che non accettassi il mio invito»

Pausa. La cameriera era entrata con il pompelmo.

«E perché?» Riprese lei un po' accigliata.

«L'ultima volta che ci siamo visti non mi hai trattato proprio bene»

«Lucius, l'ultima volta che ci siamo visti mi sei piombato a casa con un mazzo di settanta rose settanta e due biglietti per le Maldive pretendendo che ti seguissi. Capirai che se ti ho mandato a quel paese avevo dei buoni motivi: non tutto si può comperare. E la precedente...»

«Dimentichiamolo... ti ho promesso che ti avrei parlato solo di lavoro, e così sarà. E poi sono maturato, sai? Sto diventando una persona piacevole da frequentare»

Lei lo guardò con occhi di brace. «Sì? Sono contenta per te... Ma parliamo di lavoro, vuoi?»

«Sei proprio spietata. Ma è proprio di questo che ho bisogno. E so che anche tu adesso potresti avere bisogno di me. Mi dicono che sei molto arrabbiata con il tuo capo redattore perché ti ha bocciato una idea di trasmissione in prima serata»

«Complimenti per gli informatori. E ti hanno detto anche che il mio capo si è rivenduto la mia idea, lievemente modificata, e ci ha costruito un talk show per la sua amante venticinquenne?»

«So anche questo. Ed è per questo che ti propongo di mandarlo a quel paese, lasciare la capitale e venire a dirigere il mio giornale. Mi sono comperato *La Voce di Walden*»

«Tu? E che te ne fai di un giornale? Non ti basta una tv?»

«Voglio che Walden abbia finalmente un quotidiano moderno, non un bollettino parrocchiale che parla solo di matrimoni e funerali. E tu hai bisogno di una piattaforma da cui rilanciare la tua carriera e dimostrare a Charming City che hanno fatto un errore».

«Perché io?»

«Perché sei brava e perché in questo momento potrebbe esserti utile».

«Nessun coinvolgimento sentimentale? Non vuoi in cambio un'altra vacanza alle Maldive?

«No, credimi. Ho proprio bisogno di te, di una persona che non abbia paura di dire a Walden di darsi una svegliata. Lo hai già fatto una volta, puoi rifarlo... e non ti importunerò. Pretenderò solo qualche cena assieme ogni tanto, per lavoro e amicizia»

«Tu sai che ho fama di fare sempre a modo mio, e che alla mia fama ci tengo, vero?»

«Lo so, ma scopriremo di avere così tante cose in comune che non avrai bisogno di farmelo notare nuovamente»

«Fammici pensare qualche giorno, ok?»

28 giugno
Charming City, ore 8.00

«Ho una notizia per te. Torniamo a vivere a Walden»

Pernille Chevalier aveva pronunciato queste parole quasi in malo modo, appoggiata alla penisola della cucina con una tazza di caffè in mano e una valigetta ventiquattrore fra le gambe. Pronta per uscire, con il solito tailleur manageriale guardava la figlia aspettando qualche reazione. Emma, ancora in pigiama, e non proprio sveglissima, stava perlustrando il frigo alla ricerca di un po' di latte. Interruppe la ricerca e riemerse: «Eh? E questa da dove ti esce?»

«È arrivato il momento di andarmene. Charming City comincia a starmi stretta»

«Scusa, ma tu ti faresti tagliare un braccio piuttosto che tornare a vivere a Walden. Quant'è che non ci metti piede? Dieci anni?»

«Certo, deve valerne la pena. E l'offerta che mi hanno fatto forse la vale. Il nuovo proprietario de *La Voce di Walden* mi ha chiesto di diventare direttore del giornale. il vecchio direttore è andato in pensione, e là c'è un quotidiano da rinnovare. È una sfida imperdibile»

Emma si sedette sullo sgabello accanto alla penisola con la tazza vuota in mano.

«Deduco quindi che lo sai da un po'... e me lo dici così, a giochi fatti perché la mia opinione non conta o cosa? Forse pensavi che avrei comunque fatto i salti di gioia?»

«A dire il vero, sì. Qui non ti sei mai trovata a tuo agio... ogni estate non vedi l'ora di scappare per tornare a Walden da tua nonna e tuo padre. E pensavo che per una volta saresti stata d'accordo con una mia decisione»

«Sì, ma così senza dirmi niente, è una carognata bella e buona...»

«Avevo paura che ti lasciassi scappare qualcosa troppo presto con loro e con i tuoi amici... senza contare che ho il diritto di preoccuparmi della mia carriera: qui a Charming City la mia carriera è bloccata»

Emma si impose di non alzare la voce. Si versò il caffè e lo zuccherò con cura, dicendo a se stessa che doveva dimostrarle di essere una quindicenne matura e posata: «Ok. Hai deciso senza consultarmi. E se io non volessi?»

«Ti obbligherei, non sei maggiorenne... ma perché dovresti essere contraria? Ci passi tre mesi ogni estate, ci sono i tuoi amici... saresti contraria per puro spirito di contraddizione. Tu odi Charming City e i suoi abitanti».

E ritenendo di aver concluso la conversazione prese la borsa e si avviò verso l'uscita, lasciandola sola con i suoi pensieri.

Emma non sapeva se avesse ricevuto una buona o una cattiva notizia. In altri tempi avrebbe dato un braccio pur di tornare a vivere a Walden, ma ormai lei e la madre abitavano a Charming City da dieci anni. Walden non era più casa sua, così come Charming City non lo era mai stata. Tornare definitivamente era un passo da ponderare. Ma soprattutto, tornare con Pernille non era una passeggiata.

Quando sua madre aveva lasciato la città aveva rotto i ponti con parecchia gente; se ne era andata a Charming City perché il successo del suo primo libro le ave procurato un posto nel quotidiano nazionale, ma quel suo libro, un'inchiesta del tipo "vizi privati e pubbliche virtù" sulla gente di Walden, le aveva alienato le simpatie dei concittadini: pur avendo raccontato le vicende private della sua gente senza rivelarne l'identità, aveva dato tutti gli elementi perché i protagonisti fossero riconoscibili.

Emma quel libro aveva trovato il coraggio di leggerlo solo un paio di anni prima, e aveva capito molte cose di sua madre: lo scandalo raccontato restava sullo sfondo, mentre il risentimento dell'autrice per i suoi concittadini e per la città era palpabile. E la città la ricambiava da anni dello stesso sentimento.

Insomma, sua madre doveva essere davvero convinta di avere davanti una grande occasione se intendeva tornare in un luogo che detestava, che la detestava, da cui era quasi scappata con una bambina di sei anni, lasciando per di più un marito con cui non andava più d'accordo. Il suo ritorno non sarebbe stato facile, pensava Emma. Per nessuna delle due, anzi, né per la madre, né per la figlia abituata a mettere tanti chilometri fra i due pezzi della sua famiglia.

E poi, si diceva preparandosi per la sua corsetta mattutina, lei era abituata ad andare a Walden come figlia amatissima e coccolatissima del suo papà, Ethan, che disegnava fumetti, era famoso e in città era benvoluto da tutti, e come nipote di nonna Leda, che in città era una celebrità. Non come figlia di Pernille la serpe.

Ma adesso Pernille la serpe tornava a casa. E siccome non c'era nulla che Emma potesse fare, finì di cambiarsi e uscì a correre.

Al rientro, dopo una doccia e un succo, si accoccolò in poltrona per chiamare Laia, la sua amica di tutta la vita, che si aspettava di vederla comparire a Walden di lì a pochi giorni.

«Allora, sei già dei nostri?

«No. Sono ancora a Charming Citry. E ho delle news mica da ridere».

«Un ragazzo? Non mi dire... anzi, dimmi... a proposito, quando vieni?

«Macché ragazzo, frena... nulla di simile. Allora, la storia è che quest'anno tarderò qualche giorno, anzi molti, perché mia madre viene con me... e in forma definitiva. Nel senso che ci trasferiamo stabilmente a Walden, e tarderò parecchio perché c'è tutto il trasloco da fare. Ma la cosa più divertente, cioè, se la trovi divertente tu, perché io no, è che l'ho saputo stamattina»

«Traduci in modo che io possa capire...».

«Semplice. Pernille ha cambiato lavoro: sembra che qui la televisione non apprezzi le sue idee brillanti. E così torna alla carta stampata; pare che d'ora in avanti sarà direttrice della *Voce di Walden*»

«Oddio, ma allora non stai scherzando. Torni a casa definitivamente... è magic»

«Non è affatto magic. Mia madre porta guai, e poi a Walden la odiano. E io non so se ho voglia di avere i miei genitori a poca distanza l'uno dall'altro. Oh cavolo! Mia nonna e mio padre non lo sanno ancora»

«E la scuola?»

«Boh! È l'ultimo dei miei pensieri. Il tuo liceo com'è?»

«È una scuola, Emma, cosa vuoi aspettarti... Ma abbiamo dei bellissimi corsi aggiuntivi di drammaturgia, musical e uno di scenografia»

«A me basta non dover passare troppo tempo sui libri, per cui ben venga anche il corso di scenografia. Non sopporto di annoiarmi. E poi sarà sempre meglio della stupida scuola privata in cui mi ha messo mia madre qui a Charming City. Purché non si ricordino tutti chi è mia madre, altrimenti manco a scuola non avrò vita facile»

«Su questo non contarci. Ci penserà lei a rinfrescargli la memoria, se lavorerà alla *Voce di Walden*; vedrai che sgomitando con i suoi bei modini da bulldozer darà subito la sua linea al giornale e farà ritornare la memoria anche ai paracarri»

«Mi sei davvero di conforto»

«Abbi pazienza mia cara, ma il libro di tua madre si vende ancora, sai? E nel corso di scrittura creativa quest'anno lo svitato che avevamo per prof ce ne ha letto dei brani definendolo "fulgido esempio di new journalism"»

«Maddai, Norman Mailer è new journalism, mica Pernilla Chevalier... Che a proposito sta rientrando. Ti chiamo quando ho qualcosa di più definitivo, ma nel frattempo... Laia... »

«Sì?»

«Tienitela per te ok? Sto parlando seriamente»

«Contaci. Quando mai ho tradito una confidenza?»

«Volontariamente mai. Ciao»

«Gna gna gna. Starò zitta. Giuro»

Pernille, che aveva sentito la figlia al telefono, si affacciò sulla porta. «Bé? Passato lo shock?»

Emma la guardò dubbiosa. «Allora è proprio vero? Sei decisa?»

La madre entrò sorridendo, a quanto pare più disposta a parlare, dopo la conversazione a muso duro della mattina. «Ascolta Emma. Non te ne ho parlato prima perché non avevo voglia di discuterne con te. È stata una vigliaccata, forse, ma non è che noi due si riesca parlare tanto facilmente. Se tu mi giudicassi un po' meno, magari, sarebbe più facile...ma credimi, l'ho deciso anche perché sapevo che a Walden tu ti trovi bene. Altrimenti non avrei fatto questo passo senza dirtelo. E per me è una grande occasione. Qui ormai mi fanno condurre il tg di seconda serata e non vogliono darmi un trasmissione tutta mia»

«Capiamoci, mamma. So che non lo hai fatto per me, ma per te stessa, anche se è indubbio che io là sto bene. Quindi, per me è ok. E adesso qual è la road map?»

«Perché sei sempre così dura con me? Comunque... abbiamo un mese per organizzarci e fare trasloco. Per tranquillizzarti, dal canto mio ti prometto che manterrò ottimi rapporti con tuo padre, e che ti darò la massima libertà di organizzarti per stare con lui. Sappi anche che non andiamo a dormire sotto un ponte, perché il giornale mi ha messo a disposizione una casa parzialmente arredata. E se non ti piacerà ne troveremo insieme un'altra»

«Ok. Ricevuto. Allora mettiamoci al lavoro e vediamo di pianificare questa partenza»

Le due ore successive le trascorsero a fare piani, a valutare cosa portare e cosa comperare. Con Pernille non ci si annoiava mai. E la sua voglia di coinvolgere la figlia, anche se in ritardo, era evidente. Faceva fatica a delegare, e faceva fatica a fare la madre, ma ci provava. L'univa perplessità di Emma era la reticenza a proposito del nuovo incarico, cosa strana, per lei, che amava parlare del suo lavoro sopra ogni altra cosa. Registrò questa stranezza, ripromettendosi di indagare con calma.

E così ai primi di agosto Emma era di nuovo a Walden, questa volta per restarci. Nei giorni precedenti la partenza aveva avuto lunghi colloqui telefonici con il padre, con la nonna (più felici e assai meno preoccupati di lei), ancora con Laia, e aveva fatto alcuni sopralluoghi con Pernille, quasi in incognito, per vedere la casa nuova. E ora eccola qui, a svuotare scatoloni in mezzo al caos del trasloco, in una casa grande e bella il cui arredamento un po' impersonale e high tech ricordava un po' troppo quello della casa di Pernille a Charming City. Ma la sua camera, Emma già lo sapeva, sarebbe stata, come a Charming City, il solo spazio della casa in cui si riconosceva, e così l'aveva progettata: allegra, caotica, con un tavolo a muro per dipingere, lungo tutta la parete, con colori di ogni tipo, a cera, a olio, acrilici, tempere, e con fotografie appese al muro per trarre ispirazione. In un angolo un piatto rotante per le sue creazioni di creta e argilla. La stanza era grande e lo permetteva.

La seconda parete era dedicata a dvd, cd, alle casse, all'ipod, e al computer con uno schermo grande che le permetteva di vedere film. La terza parte era occupata dalla sua libreria, la stessa di Charming City, che aveva progettato lei stessa insieme ad un falegname molto paziente: era ancora mezza vuota, perché tutti i suoi libri erano negli scatoloni, ma conteneva già i suoi volumi preferiti, i fumetti di suo padre e i romanzi della sua scrittrice preferita, sua e della nonna, Adele Filò. Nonna Leda glieli aveva regalati a poco a poco, quando Emma aveva cominciato ad apprezzare la lettura.

Insomma, era riuscita a ricostruire il suo nido, e adesso si sentiva meno spaesata. Per premiarsi decise di andare a fare un giro in bicicletta per il centro città.

In sella al suo ciclone da corsa si sentiva una centaura. Walden era perfetta da girare in bici; era una città quasi antica, con un centro chiuso al traffico delle auto, e strade alberate costeggiate da palazzi neogotici e villette in stile coloniale, a volte di improbabile colore giallo canarino, rosa confetto o verde menta. Era una buffa accozzaglia di stili e colori stranamente armonici tra loro, che la rendevano riconoscibile tra mille. L'assenza di un stile architettonico dominante era dovuto alla natura cosmopolita della città, sede universitaria da secoli e quindi abituata ad accogliere culture e abitanti da molte parti del mondo. La varietà dei suoi abitanti aveva caratterizzato così l'eclettismo del luogo facendone un crocevia in cui nessuno si sentiva fuori posto. Era anche molto verde, arricchita da un vasto parco proprio in centro, che era l'orgoglio della città: conteneva un laghetto che ospitava rari uccelli acquatici, e una grande villa, di proprietà della cittadinanza, di cui parleremo ancora. Per ora accontentiamoci di sapere che là lavorava la nonna di Emma, nella Biblioteca comunale, di cui era direttrice. Il parco, invece, era la meta di tutti i runner della città, dei bambini, degli insegnanti di scienze e di un sacco di birdwatchers.

Prima di andare a trovare la nonna Emma parcheggiò la bici e si concesse un giro per la piazza principale. Ampia e quadrata, ospitava alcuni eleganti caffè con tavolini all'aperto e l'edifico del giornale cittadino, la *Voce di Walden*, un palazzone di arenaria grigia con molta storia alle spalle.

«Emma!»

«Signor Trumpet...»

Lucius Trumpet, l'industriale più potente della città, palazzinaro sempre a caccia dell'affare, proprietario di supermercati, immobili e della tv locale, la guardava stando seduto comodamente al tavolino di un caffè. Emma gli si avvicinò un po' guardinga.

«Sei tornata per restare questa volta, eh?»

«E lei come lo sa?»

«Io so tutto quel che accade qui. Ma questa volta, incidentalmente, sono anche la causa del tuo trasferimento a Walden, della tua... come dire... nuova vita»

Ma cosa vuole questo da me, pensò Emma. Non lo sopportava: detestata i cinquantenni che tentavano di fermare il tempo, denti bianchi, abbronzatura, capelli brizzolati scomposti ad arte, che indossavano giubbotti di renna anche a luglio. Se poi erano ricchi e potenti come Trumpet, la indisponevano ancora di più. E per tollerarne meglio la presenza lo osservava pensando a come lo avrebbe disegnato

«Non sai niente, eh? Non sai che ho proposto io a tua madre di tornare? Ho acquistato il giornale e... come dire... non ho avuto cuore di tormentare il vecchio direttore imponendogli cambiamenti radicali di linea editoriale. Così l'ho convinto ad accettare una buonuscita e ad andare in pensione, per il suo bene. Per un nuovo quotidiano serviva una giovane giornalista ambiziosa e in carriera... e Pernille si è fatta convincere. Detto, fatto».

«Ah..».

Sua madre si era dimenticata di raccontarle quel particolare, evidentemente. E non a caso... sapeva cosa Emma pensasse di Trumpet.

«Abbiamo molte cose di cui parlare. Con tua madre ci vediamo spesso per lavoro, ma potremmo cenare insieme tutti e tre, una di queste sere. E magari parleremo di te... so che fai dei bei disegnini; potremmo trovare qualche cosa da farti fare al giornale...»

«No, grazie. Ho 15 anni e i miei sono solo disegnini, appunto. E comunque anche se di anni ne avessi trenta eviterei accuratamente di farmi trovare il lavoro da mia madre, o dai suoi amici».

Trumpet sembrava divertitissimo e scoppiò a ridere:

«Integra e orgogliosa come il suo papà... mi piace, mi piace. Ma ricordati» e qui il tono si fece perfido «che non sempre il talento è ereditario, e... come dire... le spintarelle non fanno mai male. Ma bisogna saper cogliere l'attimo e sapere da che parte stare, al momento giusto».

Calma, Emma, calma. Ti sta provocando: «Se lo dice lei. Ma mi scusi, come mai si è comperato un giornale? Non mi ha detto una volta che con le parole non si mangia?»

«Vero, mia cara, e lo ribadisco. Ma i giornali non sono mica parole. Sono... come dire... veicoli di idee. Le mie nel caso specifico. Ah ah ah. E le cose cambiano, ragazza... anche a Walden. Salutami tuo padre».

«Come no... ci conti».

Emma incontra Trumpet

Emma ritornò alla bici, con una gran rabbia in corpo, e un po' di confusione. Rabbia per sua madre che non le aveva detto nulla e le aveva fatto fare la figura della stupida, rabbia con Trumpet che sapeva più cose di lei e osava parlarle di suo padre con tanta disinvoltura. E confusione perché non capiva cosa si stesse "muovendo a Walden".

Arrivò in biblioteca dalla nonna pedalando come una forsennata. Appena dentro si sentì finalmente in un luogo amico; tirò un sospirone, oltrepassò il bancone, salutò al volo gli addetti e si infilò nello studio della nonna:

«Cos'è questa cosa che Trumpet si è comperato il giornale? Tu sapevi che era stato lui a chiamare qui mia madre?»

«Buongiorno anche a te cara». Leda Swan alzò gli occhi dal computer e sorrise. Era ancora una donna bellissima, con gli occhio color pervinca (gli stessi di Emma e del suo papà) con un caschetto di capelli maliziosamente grigi e una figura alta e sottile. Aveva un sorriso dolcissimo, che le apriva molte porte ora come in gioventù. Ma soprattutto era la nonna più meravigliosa del mondo.

«Scusa, nonna... ciao... allora?»

«Allora, diciamo che me lo immaginavo».

«E come mai? E come mai soprattutto mia madre ha detto sì a quello?»

«Allora, nell'ordine: primo, tutti gli uomini potenti aspirano a controllare la stampa e l'opinione pubblica. E lui ha già una tv, quindi è ovvio che voglia anche un quotidiano; secondo: tua madre ha lavorato per network nazionali i cui padroni non sono certo meglio di Trumpet. Quindi non sarei così scandalizzata, fossi in te... ma temo che tu sia già pronta per una bella litigata con lei sui principi e sull'etica...»

«Impossibile... per litigare bisogna vedersi e lei io non la vedo mai. È troppo impegnata a costruire il giornale più figo del mondo»

«Dalle un po' di tregua. È una donna in gamba. Ha fatto e fa scelte difficili, anche se tu non gliene lasci passare una».

«Quali, scusa? Mollare tuo figlio o scrivere un libro che l'ha fatta odiare da una intera città?»

«Ascolta, ormai hai 15 anni, e forse dobbiamo fare quattro chiacchiere su questa parte della storia. Non ora, ma è arrivato il momento che tu cominci ad accettare tua madre per quello che è. E poi devi imparare ad apprezzare ciò che ti può dare e, anche se non te ne accorgi, quello che ti ha già dato».

«Guarda nonna che il discorso me lo hai già fatto: io vedo tutto in bianco e nero e invece la vita è una scala di grigi, eccetera».

La nonna le sorrise e si avvicinò al suo tavolino da tè.

«Che nonna saggia, eh? Avanti, che miscela vuoi? Ho un ottimo tè nero». E cominciò il suo rituale accendendo il bollitore e estraendo due tazze di porcellana biscuit.

«Il solito earl grey. Non ho preso da te per queste cose, sono più da caffè...».

Si sedettero ad un tavolino, a fianco della scrivania, e la nonna la guardò ancora con affetto:

«Un giorno cercherò di raccontarti della giovane e impetuosa Pernille e dell'egocentrico Ethan, che si amavano ma che erano troppo giovani per ascoltarsi reciprocamente. Ma dovrai avere voglia di ascoltarmi con la mente libera da preconcetti».

Emma girava il cucchiaino e guardava la nonna. «Ok, quando sarò zen ti avvertirò».

«Senti... tuo padre sta per raggiungerci, quindi evita per un po' di accennare a Trumpet davanti a lui. Anche lui lo detesta e ha preso malissimo questa cosa della *Voce di Walden*. E vorrei che restasse concentrato sul suo lavoro, perché sta attraversando un periodo di crisi creativa».

A Emma il cuore diede un tuffo. Suo padre? Ma era sempre stato un vulcano di idee.

«Insomma, non preoccuparti, ma sai come fa quando è turbato: va a correre, gioca a tennis, esce in bici, accetta inviti a tutte le convention di fumetti... tutto pur di non lavorare».

«VabBé, nonna, ma mica lavora in miniera. Insomma, io non mi preoccuperei troppo».

«Tu però vacci leggera». Concluse Leda sorseggiando il suo tè e guardando quella barbara della nipote che aveva riempito la tazza di limone e zucchero.

«*Vacci leggera*? Oddio, non starò interrompendo delle confidenze da donne?»

«Ciao papà!»

Ethan Swan era entrato all'improvviso e quasi nel momento sbagliato, ma per fortuna non capendo di essere l'oggetto della conversazione. Era molto simile alla madre, con lo sguardo ilare da ragazzino e i capelli neri appena un po' ingrigiti sotto gli occhi color pervinca. Abbracciò la figlia e le mostrò un cartoccio che teneva in mano.

«Sono passato da Maggie e ho comperato i fagottini alle mele... mmm... appena sfornati. E immaginavo che qui qualcuno avrebbe apparecchiato per un tè pomeridiano».

Aprì il cartoccio e guardò i croissant con occhio amorevole, consegnandoli alla madre perché li mettesse su un vassoio. Giusto il tempo di dimostrare un minimo di buona educazione, e poi padre e figlia si avventarono sui fagottini. Avevano in comune un appetito formidabile e una grande passione per i dolci. Ethan era anche un ottimo cuoco, e spesso con Emma sperimentava nuove ricette che poi si appuntava con cura su un quadernino, con commenti e consigli per la volta successiva. E i dolci erano, oltre che una passione condivisa con la figlia, la sfida culinaria più affascinate. Ma i dolci di Maggie, la proprietaria del suo cafè pasticceria preferito, erano una sfida inarrivabile: non sarebbe mi riuscito ad imitarli, e così li comperava mangiandoli con devozione.

«Allora, figlia, come mai non ti fai mai viva a casa mia? Non ti aspetterai che venga a cercarti nella tana del lupo, vero?

«Ma no, papà, è che è tutto un casino. Sto ancora svuotando scatoloni, e mi aiuta solo Laia, per ora. Anzi, quando hai un po' di tempo avrei bisogno del tuo aiuto per alcuni lavoretti nella mia stanza, ovviamente quando Pernille non c'è».

«Contaci, mia cara. Ci dividiamo l'ultimo?»

La nonna, senza dare troppo nell'occhio, raccolse le briciole e le buttò nel cestino. Poi, con gli occhiali da computer in mano, li guardò con finta severità.

«Bene, la mia pausa è finita. Smammare, miei cari. Avete un sacco di cose da dirvi e io devo tornare al lavoro».

«Un attimo, madre... ero venuto anche per chiederti un appuntamento formale, a tu per tu, una cenetta mamma-figlio o una cosa del genere...»

«Cioè senza di me... ho capito». Commentò Emma un po' scocciata e insospettita.

«Esatto, mia cara. Allora mamy?»

«Ho un paio di giornatacce, e domani sera un interessante invito a cena... fra tre giorni. Ok?»

«Ma non a casa tua. Andiamo da Pierre, che ha un paio di piatti nuovi. E chiederò un separé, perché sarà molto confidenziale...». E guardò la figlia di sottecchi, come per provocarla.

«Devo preoccuparmi?» Rise Leda guardando entrambi.

«Giammai... adieu». E salutando si portò dietro la figlia.

Entrambi con le bici a mano si avviarono verso casa di Ethan.

«Pà, ma la nonna ha un nuovo fidanzato? Quell'interessante invito a cena di cui parlava..».

«Credimi, proprio non lo so, ma non mi stupirebbe. Con il sindaco ha rotto un paio di mesi fa dopo che lui le ha chiesto di sposarlo. E tua nonna è il sogno proibito di tutti i sessantenni di Walden, anche quelli sposati». E se la rise da solo. «Ma restando in tema di sogni e incubi, parliamo invece di tua madre: ci siamo sentiti al telefono, e abbiamo palato di te, di come gestire la tua presenza qui. É stata, bé, quasi gentile... Mi ha detto che puoi decidere da sola quanto stare da me, e quanto da lei. Le basta che tu non ti trasformi in una girovaga sempre con lo zaino: l'ideale è una cosa del tipo una settimana da me e una da lei. Purché tu non scompaia senza dirglielo. Non male, eh?»

«Figurati se non mi va bene... mi stupisce solo un po' che sia così accomodante, anche se a dire il vero me lo aveva promesso»

«Eddai, lo sai che sono il primo a dire che a volte è una carogna, ma mi pare che ce la stia mettendo tutta. E poi in questa fase di superlavoro le fa anche comodo. Comunque, pensavo di attrezzare un po' meglio la tua stanza, visto che sarai mia figlia in modo più definitivo. Deve essere più che mai casa tua, ancora più di prima».

Emma lo guardò con tenerezza. Era contento, ma un po' impacciato, e preoccupato. Non lo dava a vedere ma lo era. E quando era in difficoltà si tormentava i capelli un po' ribelli, come in quel momento. Ma cosa lo metteva in ansia? Il ritorno di Pernille? Il lavoro? Una figlia più presente nella sua vita? E la cena privatissima con la nonna? Di cosa dovevano parlare? Le risposte sarebbero arrivate, Emma lo sapeva. Bastava pazientare, cosa molto difficile per lei.

La casa di Ethan era bellissima. Aveva riadattato un vecchio granaio ricavandone una casona con ambienti grandi, grandi finestre e soffitti alti. Il suo studio era enorme, con al centro un tavolo da disegno verticale; lungo la parete un piano di lavoro simile a quello di Emma, un paio di computer con uno schermo immenso e muri pieni di bozzetti e disegni appesi ad un grande pannello di compensato. Una lavagna bianca occupava metà di una parete, accanto alla porta. E sulla lavagna, a pennarello, erano leggibili misteriosi appunti e idee dell'ultima ora mescolati a più banali liste della spesa. "Vestire il protagonista con una sahariana" stava accanto a "comperare il caffè".

Il camerone che fungeva da cucina e sala da pranzo aveva come pezzo forte un tavolo da ping pong, utile anche come tavolo aggiuntivo per le serate con molti commensali. Nelle giornate normali restava orgogliosamente tavolo da ping pong, con la sua bella rete alzata.

Emma amava quella casa, anche se non le sfuggiva la vera natura del luogo: una nicchia da creativi, single e un po' viziati. Ma le andava bene così. E poi una grande stanza della casa era tutta sua e arredata dal padre con immenso amore.

«Vieni a sentire la mia ultima creazione, figliola. È un beverone anti caldo analcolico a base di selz, menta e granatina di limone».

Mentre volava in cucina tutto orgoglioso della sua nuova produzione Emma cominciò a sbirciare fra i suoi disegni per capire se ci fosse traccia della crisi creativa a cui aveva accennato la nonna.

Sul piano di lavoro vide, tra alcuni bozzetti, numerosi studi a matita che ritraevano una donna bella, dallo sguardo intelligente ma rapace; la stessa donna in un altro ritratto sorrideva ironica, seduta a una scrivania con la mano appoggiata al mento.

«Ma è mia madre, questa».

«Non proprio». Ethan stava entrando con i bicchieri in mano.

«Ma dai! Ha il suo sguardo... insomma, è lei?» Chiese prendendo in mano il bicchiere. «Mmm, buonissimo...»

«Diciamo che mi sto ispirando a lei per un personaggio... ho in mente una nuova storia, una graphic novel. Per ora sto scrivendo la sceneggiatura, però ho bisogno di immaginare già le facce. E non ce la faccio a lavorare con un altro per la sceneggiatura: anche se così sarei più veloce nel lavoro. Ma lo sai che scrivere mi piace quasi come disegnare...»

«Ma lei è una dei buoni o dei cattivi? Lo hai già deciso?»

«Ti piacerebbe saperlo, eh? Mettiamola così: sembra cattiva, ma forse alla fine cambia i suoi piani. Un classico, la redenzione del malvagio che poi così cattivo non è mai, anzi, è anche simpatico»

«Racconta, ti prego. È il momento che preferisco, quello in cui cominci a cucinare i personaggi»

«Ok!» E si sedette su una poltroncina offrendo l'altra alla figlia. Mentre parlava cincischiava il contenuto del bicchiere, come se ci leggesse dentro. «Allora, l'idea è quella di immaginare un cattivo, ma uno vero, che con il potere e il denaro vuole cambiare i connotati di un'intera nazione; e ad affiancarlo c'è questa donna che per il successo è disposta a molto, ma non a tutto, come si scoprirà alla fine. Devo solo capire chi è l'eroe, il buono, insomma. Ci sto lavorando perché mi sono un po' scocciato dei miei soliti personaggi maschili molto coraggiosi, molto sexy e molto ai limiti della legge. Vorrei un eroe un po' più "normale", qualcuno che combatte il cattivo perché è giusto così, perché va fermato anche se a costo di modificare vita, abitudini, tran tran...»

«E il cattivo è tipo un tycoon, un magnate, uno che più che uccidere corrompe o manipola... ho capito bene?»

«Esatto. Controlla l'informazione e usa anche la politica per i suoi scopi. Con tutti gli esempi che abbiamo in natura, mi sembra giusto che anche il fumetto dia il suo obolo».

«Quanto a esempi in natura, direi che Trumpet è un'ottima fonte di ispirazione...»

Il padre la guardò socchiudendo gli occhi: «Hai tirato a indovinare o sai qualcosa?»

Così Emma gli raccontò per filo e per segno l'incontro con Trumpet. Ethan si mise a girellare per la stanza: «Bé, non mi dici delle novità. Che abbia coinvolto lui tua madre è comprensibile, soprattutto se ha bisogno di un nome di richiamo per il suo nuovo giornale. Ma quello che mi preoccupa è perché si è comperato il giornale: ha già comperato e mantiene un bel po' di politici a livello nazionale. A livello locale in teoria non dovrebbe più avere mire: è riuscito a costruire condomini ovunque, nei dintorni, e ogni nucleo del suo impero di villette e palazzine, quella cavolo di Niceville che ha creato, ha il suo bravo centro commerciale con il suo cinema e i suoi fast food. A volte noi che abitiamo in città ci sentiamo circondati. E se non dipendesse dal fatto che questa è una città universitaria, con eventi culturali importanti e residenti orgogliosi della fama di Walden... Bé, riuscirebbe a trasformare anche noi in cretini di villettopoli».

«Insomma la nostra arma segreta è di essere snob?»

«Mettila come vuoi, ma io non lo chiamerei snobismo. È snob chi ritiene di avere un diritto esclusivo, non chi ritiene che una città debba avere una scuola pubblica d'eccezione, e un'offerta culturale di alto livello per tutti i cittadini e pagata dai cittadini stessi attraverso le tasse. E noi a Walden siamo orgogliosi di essere così. È solo questo che per ora impedisce a Trumpet di costruire Multisale in città e trasformare il centro città in una Downtown per ricchi sbattendo gli altri negli alveari dell'hinterland».

«Ma un giornale e una tv possono vendere stili di vita, no? È quello che mi ha detto lui, in fondo. E ho paura che mia madre gli serva a venderli meglio. E qualunque cosa lui abbia in mente lei ne è al corrente. E infatti ha una coda di paglia gigantesca. Non si spiegherebbe altrimenti la sua reticenza a dirmi che era stato Trumpet ad assumerla»

«No... quello è solo perché tua madre ha paura di te». E si misero a ridere entrambi.

Ora cari lettori è bene che il narratore di questa vicenda rubi la scena ad Emma e vi spieghi due cosette che prima vi ha risparmiato, per evitare che vi annoiaste prima di conoscere i personaggi. Le parole di Ethan si possono comprendere solo capendo Walden. È una città con una lunga tradizione di sede universitaria (statale, non privata), abitata da gente proveniente dai luoghi più disparati (docenti, studenti, la solita fauna), e con una altrettanto lunga tradizione di festival letterari e teatrali. A tenere viva questa tradizione sono soprattutto il volontariato dei cittadini e l'attivismo che ruota attorno a quello che da più di cinquant'anni è il luogo di ritrovo più amato degli abitanti, Villa Havisham (ricordate? La villa con il parco cui avevamo accennato), sede della biblioteca in cui lavora nonna Leda, che gestisce anche l'archivio letterario più importante della nazione, quello dedicato alla scrittrice Adele Filò, originaria di Walden. Adele Filò, scomparsa sessant'anni prima, era la sorella di Lord Havisham, antico padrone della Villa; il buon lord lasciò parco e villa in eredità ai cittadini di Walden; unica clausola della donazione era che l'edifico diventasse sede dell'archivio Filò, e che il Comune usasse i locali per diffondere la lettura e la cultura fra i cittadini.

Così i locali principali della villa vennero utilizzati per l'archivio e per una biblioteca magnifica; ma in breve in altri locali sorsero, con l'iniziativa volontaria dei cittadini e il danaro pubblico: una cineteca dedicata al restauro delle vecchie pellicole, affiancata da una sala proiezioni che permetteva buon cinema a prezzi contenuti tutto l'anno; nacquero anche alcuni club della lettura gestiti dai cittadini, sale prove per i giovani musicisti, una sede per la filodrammatica amatoriale della città e un teatro. Infine, alla villa c'era la sede del comitato organizzatore dei famosi festival letterari a tema di Walden: uno dedicato a Dickens, uno a Conan Doyle, e uno ad Adele Filò. Insomma, Walden era viva, e i suoi abitanti contribuivano a mantenerla tale. La sua fama era cresciuta ulteriormente quando l'archivio di Adele Filò si era ingrandito e aveva cominciato ad ospitare anche i manoscritti e i carteggi di altri scrittori, raccolti da nonna Leda. E questo portava sempre nuovi studiosi in città.

E Trumpet? Era l'orgoglioso (e ricco) padre di Niceville, enorme villaggio residenziale di villette e condomini conditi da centri commerciali, multisale, palestre, solarium, che però restava fuori dai confini di Walden. Ma pericolosamente vicino. Ovvio quindi che Ethan Swan vedesse Trumpet come un pugno nell'occhio.

Tre giorni dopo Ethan si recò all'appuntamento serale con la madre, al ristorante di Pierre che, anche se aveva un nome da restaurant francese (Chez Pierre), era specializzato in pollo fritto e piatti tex mex. Pierre era uno dei più cari amici di Ethan da sempre, e con lui aveva condiviso i momenti difficili ma anche quelli importanti: ogni successo della carriera di Ethan era stato festeggiato in quel locale.

Chimico di formazione, e destinato ad una fulgida carriera accademica, Pierre aveva deciso molto presto di rinunciarvi per darsi alle sue tre passioni, la cucina, il rugby e le chiacchiere. Aveva rilevato così la vecchia locanda della madre, cuoca francese emigrata a Walden, applicando così la chimica alla cottura perfetta del pollo fritto e al Guacamole, con piena soddisfazione dei suoi clienti. Nel tempo libero allenava la squadra cittadina di rugby.

L'arredamento del locale era abbastanza kitsch, addobbato come un finto saloon di Disneyland, con pareti di finto legno e appesi ovunque selle, cappelli da cowboy, e amenità simili. Autoironico, diceva Pierre. Inguardabili, precisava nonna Leda quando andava a trovarlo.

Ma Ethan e la madre, che pure si davano arie da gastronomi, andavano matti per il suo pollo fritto, e per lui. E Leda, che prendeva il tè in tazze di porcellana e apparecchiava anche per mangiare un uovo sodo, quando entrava in quel locale usava solo le mani, e godeva ad intingere le ali di pollo nelle salse e succhiarsi le dita come una bambina.

E anche quella sera entrò con la prospettiva di una serata allegra e in famiglia; andò in cucina a salutare Yvette, la mamma di Pierrre, chiacchierò di figli, salute e malanni con tutto il personale e si sedette nel separé che il figlio aveva prenotato.

Ethan arrivò poco dopo con la chioma scompigliata dalla bici, come al solito (non possedeva auto). Si sedette e dopo aver concordato con la madre "il solito per due" (nodini di pollo, ali di pollo, crocchette di patate, crocchette di cavolfiore mignon, "patata sorpresa", accompagnati da tutte le salse della casa) guardò la madre senza parlare.

«Figliolo. Allora? Mi hai convocato qui perché finalmente ti sei trovato una compagna...»

«Spiacente, ma', ma non sono ancora guarito dall'ultimo disastro sentimentale, quindi non contarci. Almeno per un po'».

«Ethan, non che io sia preoccupata, ma forse renderesti le cose più facili alle tue donne se non allestissi le tue cenette su un tavolo da ping pong».

«È proprio questo il punto. Se ho un tavolo da ping pong in cucina...Bé, questo non significa che sono un eterno adolescente... anzi, un puer aeternus, come mi ha definito l'ultimo disastro. Mai più insegnanti, ricordamelo. Ti insultano in latino e non puoi neanche ribattere».

«Forse dovresti mostrare ciò che sei con più cautela...».

«E perché? Alla fine il risultato è lo stesso. Quando avevo trent'anni ed ero un giovane papà neoseparato con un lavoro figo ero gettonatissimo, e adesso che ne ho quaranta le stesse donne vedono queste mie caratteristiche come un sintomo di immaturità. Adesso per andargli bene dovrei essere un bancario vedovo, possibilmente senza figli, o con figli adulti, con villetta a schiera. Dio mio, hanno così bisogno di sistemarsi?»

«No, ma non è che tu, dieci anni fa ti facessi molti scrupoli a scaricarle. Quindi potrebbero avere anche qualche ragione, no?»

«Ma adesso non ho più trent'anni, e sono desideroso di quiete quanto loro. Ma non sono disposto a trasformarmi in quello che non sono».

«E loro non sono più disposte a farsi deludere, per cui si attaccano all'apparenza di serietà che il bancario potrebbe dare, dal momento che altre tipologie di uomini le hanno fregate. Devi solo trovate una donna abbastanza indipendente da non avere bisogno di te. Se è soddisfatta della sua vita le andrai bene così come sei. Ma non è facile, l'indipendenza non sembra più una virtù per le donne».

«Sarà. ...ma non è per questo che ti ho invitata a cena. È che dovevo parlarti con calma senza quella rompiscatole della nostra Emma fra i piedi».

«Oh..»., e la faccia di Leda cambiò espressione.

«Allora, ho un amico nell'ufficio del sindaco. Mi ha detto che un paio di settimane fa il sindaco ha chiesto all'ufficio tecnico del Comune tutte le planimetrie di Villa Havisham, e naturalmente del parco. E all'ufficio legale pare che abbia richiesto copia del testamento di Lord Havisham. Ne sai qualcosa?»

«No, e so per certo che non sono previsti lavori di ristrutturazione, perché il regista della Filodrammatica è andato dal sindaco due giorni fa a lamentarsi che ci sono infiltrazioni di umidità nel retropalco del teatro. E il sindaco gli ha risposto che di questi tempi, con i pochi soldi che arrivano dalla capitale, il massimo che possono permettersi sono delle catinelle per raccogliere l'acqua se piove».

«Potrebbe essere quello il motivo per cui ha richiesto le planimetrie?»

«Non credo proprio. I tempi non collimano».

«E allora aspettati un brutto tiro».

Leda guardò le ali di pollo e improvvisamente si accorse che le stava passando la fame. Poi si mise a riflettere per alcuni secondi e disse serissima: «La cosa che ti preoccupa di più è il fatto che si sia riletto il testamento, vero? Dì chiaramente quello che pensi».

«Penso che voglia liberarsi della villa, o meglio del suo contenuto. Te, la biblioteca, l'archivio, la Filodrammatica, la Cineteca, e quant'altro. Oplà. E che cerchi un appiglio legale nelle clausole del testamento di Havisham. Oh, l'ho detto e adesso mi sento meglio. E che abbia questo in testa mi è confermato da un altro piccolo dettaglio: ha detto ai responsabili dei due uffici di non farne parola con nessuno».

«Cosa che naturalmente li ha indotti subito a raccontarlo in giro. È proprio un cretino. Ho fatto bene a rifiutare la sua proposta di matrimonio. Come vedi anch'io, che ti do tanti consigli, non faccio sempre scelte oculate, quanto ai sentimenti».

«Ma non uscite neanche più insieme, vero?»

«Dio, no. Perseverare è diabolico, figlio mio». E nonostante la serietà dell'argomento scoppiarono a ridere tutti e due. La risata fece tornare a entrambi la voglia di mangiare e finire la birra. E per un paio di minuti a parlare furono solo le ganasce.

«Bé, siamo entrambi consapevoli che potrebbe essere una nostra paura?» Chiese la madre.

«Mi piacerebbe molto se fosse così».

Nella stessa sera, poco lontano, si stava consumando un'altra cena, ma di ben altro tenore. Era diverso il locale, questa volta Chez Maxim, ma questo era un vero chez, francesissimo. Commensali, Pernille e Lucius Trumpet.

Pernille aveva evitato di raccontare alla figlia i dettagli della cena spiegandole che era un impegno di lavoro; ma si era agghindata in versione "Urca!", con scollatura di prammatica: i quarant'anni le permettevano ancora qualche buon centimetro di pelle nuda, senza esagerazione; i suoi capelli rossi le garantivano ancora di fare un figurone; il viso dagli zigomi alti, e gli occhi verdi da gatta (gialli quando era arrabbiata) si intonavano bene quasi con tutto. E il suo compagno della serata, che abbiamo già conosciuto, purtroppo si assortiva bene con tutto l'insieme: Trumpet diffondeva attorno il tipico aroma della tracotanza, fatto di dopobarba costoso e giacche di lino portate sulla maglietta senza cravatta né camicia. Quella finta aria da "passavo di qui" che nascondeva la sicurezza di chi invece non faceva mai nulla per caso. Ad un osservatore esterno poteva dare l'impressione di un affascinante uomo di successo oppure di un intollerabile pallone gonfiato. E molti, Emma soprattutto, propendevano per la seconda opzione.

Ma la nostra Emma non poteva vederli, né poteva commentare sulla scelta del locale in cui i due stavano cenando. Chez Maxim era pieno di legno pregiato, marmo e specchi, tutto in rigoroso bianco e nero, camerieri devoti come cagnolini che andavano in giro con bottiglie di vino costoso avvolte in stupidi tovaglioli e servivano portate microscopiche in piatti giganteschi. Se lei e il padre li avessero visti avrebbero commentato, come facevano in questi casi: "Bé, dopo poi andiamo a casa a mangiare sul serio".

Pernille aveva appena finito di mangiare un "trionfo di granchi su letto di asparagi" (granchi uno, asparagi due, salsina gialla sullo sfondo) e Trumpet si produceva nell'annusare un "caviale sferificato".

Ma il clima era un po' teso, perché la nostra stava cominciando ad accorgersi che al suo nuovo editore le sue idee su come svecchiare il quotidiano interessavano ben poco.

«Lucius, mi stai ascoltando? Ti sto dicendo che ho commissionato al grafico un nuovo progetto per la testata, più piccolo, maneggevole, formato tabloid. E i titoli, santo cielo, devono essere accattivanti! Avete un titolista tremendo. Poi senza un sito del giornale e una eventuale edizione per ipad siete fuori mercato».

«Sì, Pernille. Ma non posso fare a meno di guardare i tuoi occhi».

«Oh mio dio! Per favore. Non flirtare con me, ok? Sembra che tu non mi stia prendendo sul serio». Gli occhi di Pernille stavano diventando gialli.

«Mia cara! Non sia mai. Voglio darti carta bianca su ognuno di questi aspetti. Ma non occorre che mi spieghi cose di cui non capisco nulla. Solo, vorrei ricordarti che *La Voce* ha un pubblico molto tradizionalista; vacci piano. Ciononostante ti do carta bianca. Te l'ho già detto».

«Scusa, eh, ma allora perché ti sei comperato il giornale, se non hai intenzione di farlo decollare? Che investimento è?»

«Giusta domanda. E quindi ti spiegherò a grandi linee cosa mi serve. Mi serve una buona penna, prima di tutto, che dia corpo alle mie idee e le faccia sembrare appetibili anche a chi le ha sempre trovate indigeste. Gente come il tuo ex marito, per esempio».

«Cosa c'entra Ethan adesso?»

«Ecco, lui è proprio il tipo di persona di cui questa barbosa città è piena: intellettualoide, convinto che il successo sia misurabile dalla quantità di adolescenti brufolosi che vengono alla tua porta a parlare di supereroi e fumetti. Oppure tua suocera, ops... la tua ex suocera, che smuove gli scrittori per partecipare a quegli stupidi festival in cui nessuno guadagna una lira. E la città si riempie di cretini a caccia del pennivendolo famoso. *Oh, la prego, mi faccia un autografo per la mia Jenny!*»

Trumpet parlava agitando il povero vino trasformandolo in cedrata sotto gli occhi costernati del *maître*.

«No, non sono d'accordo. La gente viene in città e consuma. Va nei negozi, nei ristoranti».

«Bimba mia, quelle sono briciole. È ovvio che gli intellettualoidi non hanno soldi, neanche quelli che vengono da fuori. Quella è gente che si porta il panino da casa».

Pernille cominciava ad innervosirsi, ma quello era il suo nuovo capo, ed era abituata ai cretini, quindi doveva dosare le proprie reazioni. Cosa che faceva con fatica, perché la mandava in bestia che il suo interlocutore non la trattasse come la professionista che era.

«E quindi? Quali sono queste tue idee a cui dovrei dare corpo?»

«Che Walden deve cambiare e deve diventare una città moderna. Ma ti rendi conto che il Comune non rilascia permessi per aprire multisale, fast food, centri commerciali, e che il centro città si può percorrere solo in bicicletta? Posso aprire un ipermercato solo a Niceville. Qui nisba!»

«E non ti basta?»

«No, perché là ho già saturato il mercato. Hai capito cosa voglio da te? Devi sostenere con le tue belle paroline la mia campagna per la modernità, contro le regole vessatorie di Walden, e soprattutto, dovrai sostenere un mio progetto che a tempo debito ti spiegherò».

«E perché io, allora?»

«Perché odi Walden quanto me. O mi sbaglio? Perché entrambi preferiamo il successo e il denaro alle chiacchiere di tutti quei professoroni che stanno qui, e perché qui abitano anche persone che si sono stufate dei professoroni. Tocca a noi scatenarli».

Pernille si alzò in piedi e lo guardò dritto in faccia con gli occhi giallissimi. «Non illuderti di conoscermi! Comunque, grazie per la serata…. e no, non prendo il dessert». E uscì mollandolo da solo.

Bé, pensò Trumpet, che sia una donna di carattere è indubbio. Devo darle il contentino per il suo ego, ma se non la motivo a sufficienza non otterrò da lei ciò che voglio.

E Pernille? Tornò a casa a piedi per schiarirsi le idee. Si detestava per essere stata presuntuosa e stupida, per avere creduto che Trumpet avesse pensato a lei solo in virtù della sua fama di abile giornalista e che l'avesse assunta per rilanciare il quotidiano. Lui invece, che la conosceva da sempre, aveva bisogno soprattutto del suo rancore verso la città, perché aveva in mente altro. E sapeva che proprio quel rancore e il desiderio di rivalsa verso la tv di Charming City potevano renderla manipolabile.

Conviene che qui il vostro narratore chiarisca un paio di punti sul passato dei due personaggi. Pernille non aveva mai amato la sua città perché si era sentita rifiutata da Walden già dalla nascita. Orfana di padre a due anni, era stata cresciuta dalla madre nella portineria di un palazzo del centro città, senza danaro, con abiti rivoltati o dismessi da altre ragazze, e si era sempre sentita umiliata all'idea di trovarsi per compagni di scuola i figli della gente che la madre serviva e riveriva in portineria.

Ambiziosissima, aveva sempre visto nella scuola e nello studio la carta per andarsene da Walden e far dimenticare le proprie origini. Conoscere e amare Ethan non l'aveva aiutata perché in breve quel rancore si era esteso anche a lui, a modo suo giovane privilegiato perché figlio di una donna che in città era nota e rispettata. Troppo facile diventare un bravo fumettista quando sei figlio di una donna come Leda, che può presentarti la gente che conta. E la fama precocissima di Ethan come disegnatore, autore di fumetti, illustratore, invece che farle piacere l'aveva incattivita e spaventata all'idea di dover vivere nell'ombra della famiglia Swan.

Essere una giovane e apprezzata giornalista di settimanale non le poteva bastare, perché la sua sete di vendetta contro la città chiedeva di più. Fu a questo punto che arrivò il famoso libro, che Pernille propose ad una casa editrice come inchiesta sulla vita di una piccola comunità (Walden, per quanto vitale, era pur sempre una piccola città). Si servì così dei pettegolezzi, molti dei quali raccolti nella portineria della madre, per dimostrare la tesi secondo cui anche un luogo decantato per la sua vivibilità nascondeva marciume e ipocrisia. Abile nella scrittura, aveva cambiato tutti i nomi e presentato il proprio lavoro come esperimento di new journalism, una tecnica a metà fra inchiesta e narrazione romanzesca. Così aveva evitato le querele.

Risultato dell'operazione erano stati un'offerta di lavoro a Charming City e un enorme successo di vendite. Ma anche l'odio diffuso in città.

Voltare pagina da tutto, con sollievo e rabbia, e scaricare anche Ethan andandosene con la bambina era stato per lei estremamente liberatorio. Era convinta da giovane, e rimaneva convinta dieci anni dopo, che comunque, per gli abitanti di Walden sarebbe rimasta, prima di tutto, la figlia della portinaia.

E se lei era stata, da bambina, la figlia di una portinaia, Trumpet era stato il figlio del "borrachon", un noto ubriacone che non aveva combinato mai nulla di buono nella vita: diventare ricco e rispettato per la propria ricchezza per lui era sempre stato il solo modo per far dimenticare a tutti il suo passato e dimostrarsi vincente. Da adolescente ci era riuscito con il bell'aspetto, lo sport, il successo con le ragazze e una volontà di ferro. Da adulto ci era riuscito con gli affari.

Ma l'arroganza dimostrata in ogni occasione gli aveva impedito di far dimenticare le sue origini perché lui per primo non le dimenticava. E la sua rabbia verso Walden non calava, soprattutto perché per fare affari era stato costretto per anni a indirizzarsi verso la città vicina, priva di vincoli comunali e legislativi. Adesso però voleva la sua rivincita.

Contro Walden e contro la famiglia Swan, che Trumpet vedeva come la sua nemesi. Eh, già la famiglia Swan, perché naturalmente Lucius non poteva dimenticare che proprio Ethan Swan era riuscito a rubargli la ragazza più carina, la rossa dagli occhi verdi che era sempre stato il suo sogno, la bella Pernille Chevalier.

E quale rivincita più gustosa poteva esserci, nella mente dell'ex ragazzino, che prendersi la città e la ragazza di un tempo?

2. Vecchi dissapori e nuove rivelazioni

Nelle settimane successive, la fine del trasloco e il caos della casa nuova impedirono a Emma di riflettere sulla conversazione con il padre. Ci pensava sempre, ma senza soffermarcisi troppo a lungo. E poi la scuola stava per iniziare.

La sera prima del suo ingresso nella scuola nuova dormì davvero poco. Molti ragazzi li conosceva di vista, altri abbastanza bene, ma a parte Laia e le gemelle, che incontreremo, non aveva veri amici. E ora doveva farsene di nuovi, ma con sulle spalle il fardello di una duplice fama: era figlia del simpatico Jacob, noto e benvoluto, ma anche di Pernille, altrettanto nota, e non per le sue buone azioni.

E la mattina arrivò. Emma si concesse un po' di tempo davanti allo specchio. Sapere di essere carina le era d'aiuto: aveva gli occhi pervinca e i riccioli neri di papà e la bocca imbronciata della madre, la figura magra e flessuosa di sua nonna. Non era molto alta ma era meglio così. Non avrebbe saputo dove mettere braccia e gambe che già così le sembravano troppo lunghe.

Aveva scelto abiti neutri, poco appariscenti per non dare troppo nell'occhio. Si guardò nuovamente e si piacque. Ma aveva imparato che, se l'aspetto fisico può aiutare l'autostima, a fare la differenza sono il cervello e il temperamento. La nonna e la madre in questo erano state buone maestre.

Un po' rinfrancata uscì a prendere la bici per andare al bar in cui aveva appuntamento con Laia.

L'amica arrivò sorridente e affannata. Laia scaldava il cuore: sempre in preda a forti emozioni, forti sentimenti, risate irrefrenabili, pianti improvvisi e antipatie violente, era una creatura generosa e bellissima. Capelli rossi, occhi verdi, efelidi, piacevolmente rotonda nei punti giusti sembrava sempre trasudare curiosità e gioia di vivere.

«Eccoci. Emozionata?»

«Un po'».

«Bene. È la disposizione migliore».

«Sarà... finisco il caffè e usciamo».

Inforcarono le bici e si avviarono. La scuola era uguale a tutte le altre scuole, squadrata, grigia, brutta; la fauna studentesca era la stessa delle altre scuole, divisa in gruppi di appartenenza: gli emo, i mods, i secchioni, gli atleti, gli artisti.

Questi ultimi erano una categoria decisamente sovrarappresentata a Walden. Arte e cultura erano i punti di forza della cittadina, piena di cinema d'essai e teatri, e resa illustre dai musicisti e dagli scrittori a cui aveva dati i natali; per tenere alta questa fama, anche le scuole della città organizzavano stages e corsi di drammaturgia, cinema, arti applicate e fotografia. Il risultato era un nutrito gruppo di giovani artisti intraprendenti, un po' presuntuosi, ma vitali e interessanti. E parecchi di loro frequentavano il liceo di Emma, facendosi notare per capigliature, abbigliamento, atteggiamento.

Emma, che pure sapeva cosa aspettarsi, e venendo dalla capitale non era proprio un'ingenuotta, non si aspettava però una simile varietà di colori e pettinature .

«Stai guardando i *pososi*?» chiese Laia.

«I che?»

«I *pososi*. Posano, si atteggiano. Per questo li chiamo così».

«A me sembrano interessanti. Non dimenticarti che la mia scuola privata a Charming City ci obbligava alla divisa».

«Non credere, sai... anche questa è una divisa. E poi aspetta di conoscerli».

E la precedette a passo veloce nell'atrio. Emma la seguì arrancando un po'.

«Laia, non correre. Non mi presenti nessuno?»

«Dopo... prima superiamo i pososi e poi mi rassereno».

«Ma perché non ti piacciono?»

«Non ho detto che non mi piacciono. È che alcuni di loro non ti considerano se non hai letto le cose giuste, se non ascolti le cose giuste, e non frequenti duecento corsi per creativi... mi sono un po' rotta».

«Ehi, non ti ricordavo così critica...»

«Emma, è che a te piacciono sempre tutti e sei curiosa di tutti...e io non sono figlia di gente superfiga come te. Non te lo dimenticare. Certe cose che tu hai assorbito con il latte materno io le ho imparate qui. E non è stato sempre facile».

Emma la seguì in silenzio, pensando che forse la sua amica non era così solare come le era sempre sembrata. L'ambiente cambia le persone, pensò, e la scuola è una jungla; è più facile sentirsi gazzella che leone.

Una volta entrate nell'atrio furono raggiunte da un ragazza dall'evidente aspetto orientale. «Laia, eccomi. E tu sei Emma, vero? Io sono Maiumi. Laia mi ha parlato molto di te».

Era minuta, graziosissima, vivacissima e con una buffa voce cinguettante. Prima che Emma potesse dire anche solo un ciao, Laia le stava già abbracciando entrambe:

«Finalmente vi conoscete. Sai Maiumi, Emma è in classe con noi. Avrà modo di lamentarsi anche lei dei nostri insegnanti, evviva. Di qua, Em, questa è la nostra classe. Ti promettiamo che io e Maiumi ti faremo la mappa dei ragazzi più carini e sfidanzati, classe per classe, così non perderai tempo e andrai a colpo sicuro».

«Grazie, ma ho già visto un paio di elementi interessanti».

«Oddio, Maiumi, questa qui ha messo gli occhi sui pososi...»

«Piantala di chiamarli così. Sembri una zitella acida». Commentò Maiumi dandole un colpetto sul braccio.

«Vivi qui da molto?» chiese Emma a Maiumi, cercando di dissimulare la curiosità per le sue origini.

«Se con la tua domanda vuoi sapere se sono una vera giapponese, sì lo sono. E parlo la mia lingua. Ma mio padre insegna fisica delle particelle all'Università di Walden e vivo qui da qualche anno. Ah, io non so niente di fisica, ok? Quindi non chiedermi mai di passarti il compito, perché cascheresti male..».

Al suono della campana l'insegnante li spedì tutti in classe, dando a malapena il tempo a Emma di guardarsi attorno. Si fiondò subito a cercare un posto vicino a Laia e a Maiumi.

«Bene. So che abbiamo una nuova alunna quest'anno. Buongiorno, Emma. Io sono la professoressa Salomon, Anna Salomon».

«Salve».

La professoressa Salomon era bionda, graziosa, approssimativamente dell'età di Pernille. Diversamente dalla madre di Emma, appariscente e aggressiva anche nell'aspetto, la

Salomon sembrava voler comunicare contegno e dignità. Aveva capelli raccolti in una severa coda di cavallo, e un paio di occhiali da vista senza montatura. Portava un tailleur elegante che le donava, ma che sembrava urlare "Statemi lontano".

Si alzò in piedi e si appoggiò alla cattedra con le braccia conserte.

«Dunque tu sei la figlia di Ethan Swan. Immagino che tua madre sia Pernille Chevalier...»

«Ci siamo» pensò Emma. E si preparò a quello che sarebbe seguito.

«Sappi che non amo le primedonne, e non mi piace la gente che sgomita per apparire. Se appartieni a questa categoria sei pregata di abbassare subito le penne».

«Sono ben poco desiderosa di apparire, mi creda...»

«Lieta di sentirtelo dire. E ora vediamo la tua preparazione. Immagino che tu sappia qualcosa sulla teoria dei generi letterari... Sono argomenti che si studiano anche nella capitale mi risulta».

«Bé... i programmi sono nazionali». Rispose Emma con falsa ingenuità, stringendosi nelle spalle. E senza darle ulteriore possibilità di replicare attaccò la risposta. Era un argomento che ben conosceva, e di cui poteva parlare con competenza anche grazie a tutti i romanzi che aveva letto. Per lei lo studio aveva senso solo se si fondeva con le sue passioni. Ed era questo il caso.

«...per esempio, il genere picaresco, che Cervantes porta al massimo livello con il don Chisciotte...»

«Ok, basta. Hai letto Cervantes?»

«Sissignora, tutto il Chisciotte. È una delle mie grandi passioni».

«Oh, e quali altre sarebbero le tue passioni?»

«Bé. Tutto Dickens ovviamente, e Melville. Moby Dick in particolare».

«Voli alto, eh ragazzina? Bah, speriamo che tu non sia tutto fumo, perché nella mia classe non c'è posto per i parolai».

Il resto della lezione proseguì in modo indolore fino alla campanella dell'intervallo. Laia e Maiumi si girarono subito verso Emma.

«Accidenti! Te la sei cavata alla grande» cominciò Laia. «Ma lei non è mai così sgradevole, di solito. Cosa le hai fatto?»

Emma la guardò un po' afflitta e commentò a voce bassa: «Mi sa che la mia fama mi ha preceduta».

Ma in cuor suo ridacchiava, perché sapeva di aver segnato un punto, e che a scuola tenere testa a un insegnante era il modo più veloce per fra colpo anche sui compagni. Non che le interessasse particolarmente, ma insomma... meglio cominciare col botto, se doveva rompere il ghiaccio con compagni nuovi. E poi in fondo era stata provocata.

Stava per uscire quando la Salomon la chiamò:

«Swan! Avvicinati alla cattedra per favore. Devo parlarti in privato».

«Eccomi».

L'insegnante, ancora seduta, si chinò sulla cattedra e la guardò da dietro gli occhiali, senza alcuna simpatia: «Io sono *la vergine del cotillon*. Sai cosa significa?»

«Oh cavolo!» Emma si sentì sprofondare. Avrebbe voluto essere Ovunque ma non lì. "Tieni botta", ordinò a se stessa.

«Eh, sì! Ma sospendo il giudizio su di te perché, fin a prova contraria, non sei Pernille»

«E io non posso dire nulla per farle cambiare idea se non che, appunto, non sono Pernille»

E senza aspettare la risposta le girò le spalle per uscire dall'aula: «Mi scusi, vado a raggiungere i mei compagni».

Fuori Laia e Maiumi la stavano aspettando.

«Bé?» Chiese Laia.

«Indovina un po'? La Salomon è la vergine del cotillon».

«Eh?» chiese Maiumi.

Ma Laia aveva capito benissimo: «Andiamo al bar, credo che a Emma serva un caffè. E anche a me»

Entrarono nel bar della scuola e si sedettero ad un tavolo libero. Laia senza dire nulla si avvicinò al bancone, e ritornò con un bricco di caffè, tre ciambelle e tre tazze. Tornata al tavolo guardò entrambe. Maiumi aveva la faccia di chi aspetta una spiegazione e Emma sembrava aver perso l'uso della parola.

«Emma, posso? – E indicò Maiumi.

«Accomodati. Tanto, più danno di così...»

«Allora, sai, Maiumi, che la madre di Emma ha scritto un libro su Walden, vero?»

«E chi non lo sa?»

«Però non l'hai letto. E allora ti racconto un cosa: uno dei personaggi più divertenti (scusami Emma, ma questo non lo puoi negare) è la vergine del cotillon, un tipo umano che secondo me non tramonta mai. Bellina, brava a scuola, con il cerchietto di capelli in testa, di buona famiglia, brava negli sport di squadra, vincitrice di tutte le borse di studio, anche all'Università, e che ha lo stesso fidanzato da quando aveva 15 anni... Ti è chiaro il tipo?»

«Oh, sì. Il tipo superprevedibile che non fa mai un colpo di testa e che poi dopo il matrimonio diventa alcolista e si fa un amante».

Laia scoppiò a ridere ed Emma, nonostante tutto, rise con lei. Maiumi, con la sua grazia orientale e la sua linguaccia decisamente occidentale, aveva fotografato brutalmente la situazione.

«Ecco, appunto, brava. Così prevedibile che a un certo punto subisce il fascino dei proibito. Tradisce il fidanzato in un momento di alcool e follia con il solito bello e dannato che naturalmente la scarica subito, dopo aver scritto, su una parte del municipio, "mi sono fatto la verginella", con la vernice spray. Il fidanzato la molla e la famiglia la manda a finire l'Università all'estero».

«Hai capito, adesso?» Aggiunse Emma. «C'è un intero capitolo nel libro, sulla storia. Pernille usò la vicenda per far capire fino a che punto arrivasse il perbenismo nascosto della città. A discolpa di mia madre, devo aggiungere che la ragazza fu descritta come vittima dei genitori, del fidanzato e di quell'altro, un vero bastardo. Ma il suo libro congelò la vicenda ad eterna e imperitura memoria».

«E la verginella, guarda un po', è la Salomon». aggiunse Laia, per far capire a Maiumi la gravità della cosa.

Non fecero in tempo a proseguire la conversazione perché suonò la campana del rientro, e ogni possibile commento o valutazione sulla gravità del danno fu rimandato a dopo.

Ma mentre uscivano dal bar un paio di ragazzi le fermarono.

«Tu sei la figlia di Pernille Chevalier, vero?» Chiese un ragazzo con capelli rossi. «È una grande giornalista. E le sue conduzioni al tg ai miei piacciono molto, sai? So che adesso dirige *La Voce di Walden*. Spero che ne faccia un buon giornale, ora come ora è illeggibile. Sai, io sono un fan della buona informazione, anche se ovviamente credo che il futuro dei media passi per la rete...»

«Ok, Ezrah, time out, dobbiamo tornare in classe. Ci parli dopo con Emma, ok?» Lo zittì Laia infastidita.

«Ok, allora conto di potermi sedere al tavolo con voi a pranzo, eh Laia? Tienimi il posto!»

«Sì, te lo tengo... e adesso sparisci, puzzola».

«Sei una gran donna, Laia, grazie...»

«Ma chi è?»

«La mia buona azione quotidiana. Ma adesso rientriamo, altrimenti la vergine ci scuoia».

Per fortuna il resto della mattinata di scuola passò senza grossi traumi, e all'ora di pranzo Emma poté tirare un sospiro di sollievo. Le tre ragazze tornarono al bar, nella zona tavola calda, allestita a self service. Il locale era pienissimo, e il loro ingresso non passò inosservato: si era rapidamente sparsa la voce che c'era una nuova ragazza a scuola.

Il ragazzo con i capelli rossi si avvicinò per primo:

«Eccomi, ragazze, ho tenuto io il posto per voi».

«Grazie, Ezrah». Rispose stancamente Laia. – Adesso però lasciaci prendere da mangiare, ok?»

Si sedettero accanto a lui con i vassoi. Maiumi lo guardò di sbieco puntandogli contro una forchetta:

«Ez, non provare ad ubriacarci con le tue chiacchiere, ok? Tanto non capisco neppure la metà di quello che dici».

«Mia signora, quello che lei dice è legge. Sarò quasi muto come una tomba».

Emma si soffermò a guardare Maiumi. Sembrava fragile e posata per il suo aspetto minuto, i suoi modi e per il sorriso pacato, ma con il suo aplomb era capace di dire cose assolutamente tremende. Era buffa e deliziosa anche per la cura che metteva nell'abbigliarsi; vestita con gusto un po' retrò, portava un abitino a pois di organza che poteva provenire solo da un negozietto vintage. Le mancavano solo la veletta e i mezzi guanti. E Ezrah la guardava estasiato come di fronte ad una divinità nipponica, o più probabilmente come davanti alla sua eroina di manga preferita. Emma li trovò entrambi simpaticissimi.

Laia, che sapeva di dover fare un po' di PR, indicò con mano aperta il ragazzo: «Allora, lui è Ezrah, cioè Ez. È un genio, o almeno così dice. È il direttore del giornalino scolastico, il presidente di tutti i club più improbabili della nostra scuola, molti dei quali fondati da lui, ed è invadente come una mosca cavallina. Ma è un vero amico».

«Già, e non sono un pososo. Immagino che Laia ti avrà già intrattenuta con la sua teoria dei pososi... ignorala. Sai che ti vedevo sempre negli scorsi anni quando venivi qui? Cioè da quando abito qui, ovviamente. Ma tu non mi hai mai notato». Sguardo teatralmente afflitto e sospiro affettato.

«Non è vero. Mi ricordo di te, venivi in biblioteca da mia nonna, vero? Lo scorso anno».

«Oh, sì... e sono anche presidente dell'Ethan Swan fan club, sai? Ho invitato un sacco di volte tuo padre a parlare nel nostro liceo, e anche nella sede del club. È un grande, davvero: un artista della parola e un grande disegnatore».

Emma era imbarazzatissima: «Bé, è bravo, ma insomma... fa solo fumetti...»

«Solo? Il fumetto è La forma d'arte della postmodernità. Prendi Frank Miller, oppure Art Spiegelman...

«Ok, ho capito. Sei uno che ne sa... sì, insomma, sembri un esperto»
Lui la guardò fingendosi mortificato (o lo era davvero) e stringendo le spalle: «È il mio problema. Sono il più grande esperto mondiale di tutte le cose che mi piacciono. Non ci posso far niente».

E risero tutti e quattro, Ezrah arrossendo un po'. Ma riprese subito a parlare:

«Ma sono felice che tu sia qui. E ignora la gente che parla male di tua madre. Questa città è un covo di vipere».

«Bé, magari hanno qualche ragione. Non è che qui mia madre abbia lasciato un gran ricordo di sé».

«E comunque, Ez, tu non sei nato qui, quindi non puoi capire come certe cose siano difficili da dimenticare». aggiunse Laia.

«Andiamo, mezza Walden non è nata qui. È il suo bello».

«Ma l'altra metà sì». Sospirò Emma pensando alla Salomon.

Mentre parlavano e mangiavano di gusto furono avvicinati da un altro ragazzo e da una ragazza che Emma conosceva di vista. Si sedettero al loro tavolo stringendosi un po' e la conversazione cominciò ad animarsi. Finalmente si stava rilassando e divertendo.

Ad un tratto la porta della sala si aprì ed entrò un gruppetto nuovo.

«Oddio, i pososi». Disse Laia.

Ezrah si sentì in dovere di spiegare: «Laia non sopporta gli artisti. E invece un paio di loro sono davvero in gamba».

«Io dico solo che se la tirano alla grandissima. Si vestono sempre come dei filosofi francesi morti, o dei cantanti francesi ancor più morti e non prendono mai un po' di sole. Ma li hai visti come sono pallidi? Cos'è? Un po' di salute gli guasta l'umore? Mmm, guarda là,

Emma, ma non fartene accorgere. Ci sono anche le tue amiche, le gemelle».

Haydèe e Desirèe erano due gemelle che Emma conosceva da sempre e frequentava nelle sue estati a Walden. Non erano gemelle omozigote e si vedeva da lontano: Haydèe (Heidi per gli amici) era magra e alta, Desirèe (Daisy, sempre per gli stessi amici), bassa e paffuta. Daisy con i boccoli biondissimi, Heidi con i capelli lisci. Con loro erano entrati anche un paio di ragazzi, che catturarono decisamente l'attenzione di Emma, e di molte altre ragazze nel locale. Erano indubbiamente due ragazzi attraenti: uno alto e moro, capelli quasi alla nuca, lisci e morbidi, con naso affilato, bocca grande e carnagione olivastra. Osservava tutto con sguardo attento e indagatore, come un capobranco che controlla il gruppo. Accanto a lui c'era un secondo ragazzo, moro anch'esso, ma ricciuto, un po' più basso, molto magro ma muscoloso, con quei muscoli lunghi che hanno i danzatori, e una ciocca di capelli quasi bianca sulla chioma scura...

"Ahi, pensò Emma, "sto cominciando a somigliare a Laia. Guardo i ragazzi e resto a bocca aperta come una pisquana".

Le gemelle si avvicinarono al tavolo, mentre i due meravigliosi si indirizzarono verso un'altra compagnia.

«Benvenuta, Emma». Disse Haydèe, imbarazzata e dispiaciuta.

Emma si era già ripresa della visione dei due, e adesso stava fissando le gemelle con la faccia di chi ha mangiato un limone aspro.

«Buongiorno, Heidi. Mi aspettavo che ti facessi viva prima. Ci conosciamo da sempre, ti telefono per dirti che mi trasferisco in via definitiva. Lascio messaggi, dico a Laia di comunicartelo, eccheccavolo!»

Desirèe mise una mano sul braccio di Emma e la guardò dritta negli occhi: «Emma, non prendertela con Heidi. È stata nostra madre a diffidarci dall'avere rapporti con te quando ha saputo che saresti tornata qui con Pernille. Così abbiamo deciso di pazientare fino all'inizio della scuola. Sai, quella è come il KGB, controlla telefoni, bollette, origlia...e poi ti rende la vita impossibile».

Laia intervenne al posto di Emma: «Non ci posso credere. E voi girate le spalle a un'amica solo perché l'ha detto mammà? Tipico vostro».

Non correva grande simpatia fra Laia e le gemelle. Negli anni precedenti si erano contese l'amicizia di Emma facendosi piccoli dispetti reciproci. Ma per amore suo si erano tollerate. E ora Laia si prendeva una piccola rivincita.

Ezrah si inserì: «E allora perché siete qui, scusa?»

Desirèe continuò: «Siamo qui per dirti, Emma, che, e naturalmente parlo anche a nome di mia sorella... Vero, Heidi?»

«Sì, certo». Heidi tirò fuori un filo di voce.

«Ecco, anche a nome suo, che per quanto ci riguarda nostra madre può anche andare a farsi benedire».

«Esatto». Fece eco la sorella più timida, parlando a voce bassissima.

«Mmm, gesto di grande coraggio...». Proseguì Laia.

E Ezrah, dando di gomito a Laia: «Fammi indovinare. Chi sarà mai la gemella dominante?»

Emma intervenne: «Lascia perdere, Ezrah. Sedetevi, ragazze. Sono contenta di vedervi, anche se prima o poi dovrete dirglielo, a vostra madre, che ci frequentiamo».

«Bé, perché non andate a chiamare anche Ari e Jakob, così gli presentiamo la nostra Emma?» Aggiunse Ez.

«Io ne farei volentieri a meno, di quei due». Replicò Laia.

«Di chi parlate?» Emma era confusa.

«Di quei due fusti da paura che sono entrati con noi». Sorrise Maiumi sorniona. «Ho visto che te li sei guardati bene bene...».

Laia cominciando ad alzarsi per uscire commentò: «Peccato che siano i re dei pososi».

«Non sono d'accordo mia cara». commentò Ezrah: «Sono due persone estremamente interessanti. Osservali senza farti notare, Emma. Jakob è quello più basso: è un eccellente regista, ha un talento visionario degno di Kubrick. Quest'anno ho deciso di reclutarlo per la nuova edizione del giornale scolastico come critico cinematografico. Collabora anche con la cineteca di Villa Havisham».

Parlando animatamente, uscirono dalla sala e scesero in strada. La giornata era formidabile, limpida e calda, e si avviarono, tutto assieme, bici a mano, verso il parco di Villa Havisham, che era vicinissimo alla scuola. Ezrah era irrefrenabile: ovviamente adorava raccontare tutto di tutti. «E l'altro, Ari, è un musicista ma soprattutto un fantastico attore; ed è il regista teatrale della nostra compagnia scolastica. Credimi, non sono loro i pososi. Sennò non sarebbero miei amici».

Laia invece sembrava silenziosa, cosa strana per lei. «Laia, tutto bene?» Le chiese Emma.

L'amica si sedette sul prato e borbottò: «Massì! Ehi, voi due, state venendo con noi o cosa?» Aggiunse rivolgendosi alle due gemelle che camminavano lentamente confabulando tra loro.

«Sì, un attimo!»

Ez la imitò sedendosi sull'erba: «Dio come sai essere sgodevole, certe volte, Laia». commentò a voce bassa.

La risposta fu fulminea: «Sai che c'è, Ez? Mi hai rotto. Vado a casa anch'io». E all'improvviso li piantò in asso, alzandosi e dirigendosi verso la bici. «Ci sentiamo, Emma. Ciao gemelline, io tolgo le tende».

«Eh, le donne innamorate..». Sussurrò Ez.

«Cioè?» Emma lo guardò storto.

«Ah, no. È la tua amica. Fattelo spiegare da lei». E Ezrah fece un risolino un po' chioccio.

Dopo aver salutato Ezrah Emma si avviò verso la villa per andare a trovare la nonna.

E visto che abbiamo tanto decantato le meraviglie di villa Havisham forse è il caso di descriverne gli interni. L'ingresso dell'edifico era simile a quello di una villa neoclassica, e si apriva su un ampio atrio con due scaloni, uno che portava alla biblioteca e l'altro alla cineteca. Al piano terreno, invece c'era il teatro, piccolo ma incantevole, imitazione di un teatrino italiano del Settecento; sempre allo stesso livello, sotto l'androne delle due scalinate, si trovavano la sede di alcuni club cittadini e la sala prove della filodrammatica, ricavate dagli alloggi della servitù e dalle cucine. Sul retro, in quelle che un tempo erano state le ghiacciaie e le dispense, ora c'erano tre sale prove per gruppi musicali giovanili, naturalmente insonorizzate.

La biblioteca occupava ben tre piani, ospitando naturalmente anche l'archivio; al primo piano c'era l'ufficio di Leda, che abbiamo già avuto modo di conoscere.

Mentre attraversava la sala di lettura per recarvisi Emma vide seduti ad un tavolo colmo di libri i due giovanotti su cui avevano appena finito di spettegolare, Ari e Jakob. Entrambi la videro, e le sorrisero, facendo mostra di averla riconosciuta.

Il più alto, Ari il capobranco, le fece segno di avvicinarsi:

«Sei Emma, vero? Ti abbiamo vista a scuola, ma c'era un po' di fitto, al tuo tavolo, oggi. Sennò ci saremmo avvicinati, Desirèe ce l'aveva chiesto, ma ci sentivamo un po' di troppo. Comunque, ben arrivata».

Che voce profonda e impostata. Già, pensò Emma, è attore.

L'altro taceva e la osservava.

«Bé, anch'io so i vostri nomi. Quando siedi allo stesso tavolo di Ezrah difficilmente rimani all'oscuro di qualcosa».

I due ridacchiarono, e quello più basso, che aveva, Emma se ne accorse solo in quel momento, occhi azzurrissimi, le disse: «Non è facile cambiare scuola e città, vero? Ti capiamo. Anche noi ci siamo passati. Ma qui tu sei di casa». E indicò l'ufficio della nonna.

Emma non aveva voglia di spiegargli che la sua situazione non era semplicissima, e che ne aveva appena avuta una prova a scuola, per cui restò sul vago.

«Bé, insomma. Mia madre non tornava qui da almeno dieci anni, e io con lei... prima venivo solo per le vacanze. Non è proprio come essere di casa».

«Tua madre mi piace molto», continuò il ragazzo dallo sguardo azzurro, parlando a voce bassa e pacata, e continuando ad osservarla come se la studiasse. «Prima che scegliesse di condurre il tg leggevo sempre i suoi articoli sul quotidiano nazionale. Aveva un buon occhio per il cinema».

«Bé, non esageriamo. Erano articoli di costume...»

«Vero, era sprecata secondo me, infatti... È una giornalista brillante». E cambiando tono e argomento aggiunse con voce quasi addolorata: «Proprio non mi capacito della scelta che ha fatto, quella di tornare qui, a lavorare per il giornale di Trumpet... che uomo sgradevole!»

«Vedo che siete informati...»

L'altro, quello alto, commentò guardandola con attenzione: «La città è piccola, e tua madre è un volto noto. Tu cosa pensi della sua decisione?

Emma cominciava a sentirsi sotto esame. Cosa voleva farle dire, il tizio? Anche perché cominciava ad avere un tono leggermente inquisitivo, del tipo "adesso ti faccio un test". E poi quella voce... Così decise di essere assolutamente franca, anche per vedere la reazione del ragazzo.

«Trumpet mi fa schifo, e ho saputo solo da poco, dopo che mi sono trasferita, per capirci, che si era comperato il giornale. Sembra che nella mia famiglia si siano scordati tutti di parlarmene. E così l'ho saputo da Trumpet medesimo. E ancora mi chiedo cosa se ne faccia di un giornale».

«Perché non sai tutto. Altrimenti capiresti che il suo comportamento è assolutamente lineare». Proseguì il moro tenebroso con la bella voce, quello che si chiamava Ari. E aggiunse:

«Meglio uscire da qui... siamo in una biblioteca. Vieni con noi alle macchinette del caffè, così possiamo parlare senza disturbare chi sta studiando».

La conversazione proseguì davanti alla macchinetta. «Ascolta» disse Jakob occhi azzurri, sempre con tono pacato «ti raccontiamo questo perché sei amica di Ezrah e Maiumi, ma soprattutto perché, insomma .. per tua nonna. Noi la conosciamo e le vogliamo bene. È stata lei a battersi perché i gruppi musicali avessero accesso alle sale prove, e perché potessimo organizzare qui alla villa il festival nazionale dei cortometraggi. Tutti i giovani filmmaker del paese hanno Walden come loro punto di riferimento».

«Jakob, dacci un taglio e spiegale cosa abbiamo saputo. Anzi, cosa tu hai saputo».

«Ehi, senti, Ari, metti ansia al mondo. Lascialo parlare...» disse Emma un po' scocciata.

Ari fu preso un po' alla sprovvista e poi si mise a ridere, per la prima volta... finalmente!

Emma stava cominciando a farsi un'idea dei due ragazzi: molto seri e presenti a se stessi. Uno dei due (Ari) serio, solenne e abituato a comandare... forse era il frontman del gruppo musicale; l'altro più sfuggente e cauto. Sembravano un po' il gatto e la volpe, il carismatico uomo d'azione il filosofo. Ma sembravano ok.

«Scusa. Sono insopportabile. E scusa anche tu, Jakob».

«No problem, fratello. Bé, la cosa è questa: mio padre è architetto. E nel suo studio ha tutte le planimetrie, i dati catastali della villa e del parco. E sul suo tavolo da lavoro ci sono dei disegni che non lasciano dubbi: qualcuno gli ha chiesto di progettare una specie di mostruosità per ricchi cafoni nella villa e nel parco. A me sono sembrati disegni per una specie di country club con campi da tennis, o forse un residence di appartamenti, sai, quelle cose alla Beverly Hills, con appartamenti, piscina, divertimenti per pochi, campi da golf... e il parco è abbastanza grande per contenerli».

«Una specie di *Sun City*». aggiunse Ari.

«Che sarebbe?»

«Ma dai, *Sun City*» proseguì «Quella della canzone di Little Steven. Insomma, un posto per ricchi, ma nel centro della città. C'era una specie di Trumpet che negli anni Ottanta inventò un posto così e ne costruì vari esemplari in molte parti del mondo. E la più famosa era in Sud Africa, un posto di soli bianchi quando ancora c'era l'apartheid. E i neri non potevano entrare o facevano i servi».

«E questa volta i neri saremmo noi». Aggiunse Jakob a voce bassa.

«E noi saremmo...?» Chiese Emma, che già stava dando ragione a Laia sulla storia dei pososi. Questi due erano pesanti come macigni.

«Noi siamo quelli che usano la villa e il parco per suonare, fare teatro, mettere in moto idee. E siamo tutti giovani, ovviamente, per cui per Trumpet siamo inutili e trascurabili, senza soldi». Ari la guardava come si guarda una sorellina piccola e un po' scema.

«Ehi, ehi, ragazzi». Emma stava cominciando a scaldarsi «intanto villa Havisham è un bene di tutta la cittadinanza di Walden e non solo dei giovani creativi. Perché qui ci vengono anche gli attori dilettanti della filodrammatica, e le signore che vanno al book club e che hanno la loro saletta. E poi, scusa» aggiunse rivolgendosi a Jakob «hai chiesto qualcosa a tuo padre di questo progetto?»

Ari fu il più pronto a rispondere: «Ok, scusaci di nuovo. Ovvio che è un bene pubblico... certo, ma per noi non ci sono altri spazi; siamo giovani, abbiamo bisogno di uno spazio ma non abbiamo una lira per comperarci neppure un garage. Quindi saremo sempre noi i più penalizzati, se la villa scompare, e quindi inevitabilmente saremo noi a doverla difendere. Fattene una ragione».

Emma tacque. Più fiducia, si disse. Questi ragazzi si son rivolti a te, sono saccenti, ma entusiasti. Dagli una chance. E anche lei per la prima volta sorrise davvero. E poi disse: «E voi sapete che c'è Trumpet dietro tutto questo, giusto?»

Ari le puntò un dito in faccia: «Ne siamo certi. Le planimetrie erano in una busta indirizzata a lui. Ora capisci perché tua madre gli fa comodo? Deve aiutarlo a creare un'opinione pubblica favorevole al progetto. Si fa in fretta, sai? Basta fare qualche articolo in cui si fa notare che il Comune spende troppo per la cultura, che i giovani di villa Havisham sono dei drogati, o dei figli di papà; che la filodrammatica ormai fa solo Shakespeare e Euripide, o che bisogna far girare l'economia. Non credere che in città siano rose e fiori... discorsi così farebbero breccia».

Emma lo guardò pensando che anche Ethan, suo padre, la pensava come loro. Ma non commentò. Invece si rivolse a Jakob «Ok, ma tuo padre cosa dice? Ha confermato? Giusto per sapere che non state prendendo un granchio».

«Non posso parlargliene. Non sa che ho spiato nel suo studio, e la prenderebbe malissimo. Questi progetti sono sempre coperti dalla massima riservatezza; e poi io e mio padre abbiamo già i nostri problemi e non mi va di aggiungerne altri». E per la prima volta abbandonò il tono pacato guardandola negli occhi con un po' di tristezza.

Emma cercò di prendere tempo: «Devo parlarne con mia nonna e con mio padre. Spero che abbiate preso un granchio superlativo». Si fermò per un attimo e cominciò a grattare lo zucchero dal bicchierino del caffè con il cucchiaino.

«Ne vuoi un altro?» La guardò Jakob.

«Eh?»

«Di caffè. Quello è finito...»

«No, scusa, pensavo, e quando penso cerco dello zucchero, perché mi viene il bisogno di roba dolce. Pensavo che c'è un **ma** grosso come una casa. Il Comune non può vendere la villa finché c'è l'archivio. Lord Havisham lo ha scritto nel suo testamento. Esiste un esecutore testamentario per questa cosa, ed è uno molto attento».

«Bé», Ari le rispose «vorrà dire che Trumpet ha trovato una soluzione anche per questo. Altrimenti perché incaricare un progettista?»

«Forse. Ma secondo me è da qui che dobbiamo partire per capire quanto c'è di vero. Datemi un po' i vostri, telefoni, email facebook, insomma, tutte quelle cose lì. Vi faccio sapere». E li mollò da soli.

Contrariamente alle sue intenzioni iniziali Emma non andò a trovare la nonna, ma corse a casa del padre, quasi certa di trovarlo nello studio.

E ovviamente c'era. Aveva addosso una vecchia felpa e dei jeans e sembrava completamente assorto nel lavoro. Lo studio era ancora più caotico del solito.

«Oh, figliola. Salve»

«Daddy, ho bisogno di una buona merenda e di una cioccolata calda. Ma ti avverto che ho da raccontarti una cosa lunghetta, per cui se sei in pieno momento creativo ripasso dopo.

Ethan la guardò un po' stupito dalla furia con cui era entrata.

«No, tesoro, tranquilla. Anzi, faccio volentieri una pausa anch'io anche perché non ho ancora pranzato. Ma per te non è un po' presto per merenda? Sono le tre e mezza...»

«Guarda... mai come ora ne ho bisogno...»

«Ok ok mi metto subito al lavoro. Devo preoccuparmi?»

«Faresti bene...»

Per un po' nessuno dei due parlò. Ethan intento a farcire alcuni croissant e a preparare cioccolata, Emma a ripensare alla conversazione avuta con i due ragazzi. Si accorse, con un certo stupore, di essere preoccupata, ma anche un po' divertita dal clima un po' complottardo che aveva costruito con quei due. I due ragazzi le piacevano molto, anche se si prendevano un po' troppo su serio. Erano decisamente diversi dai fighetti che era stata costretta a frequentare in quell'orribile liceo privato di Charming City, che andavano a scuola in divisa e come massima fonte di eccitazione avevano il coro a cappella e le partite di softball. Ari e Jakob erano diversi sia per le loro passioni (di cui sapeva ancora poco), sia per il loro abbigliamento: non vestivano come degli stupidi hipster, grazie a Dio, anche se con tutto quel nero addosso sembravano un po' dei becchini. Meglio i becchini dei fighetti, però.

«Bé, sei altrove o sei con noi?» Le chiese il padre mentre metteva in tavola una notevole dose di carboidrati solidi e liquidi.

«No, sono qui. E adesso ascolta».

Dopo il fedele resoconto dell'incontro con i due ragazzi il padre la guardò affranto:

«Ahimè, vorrei tanto dirti che i tuoi amici hanno preso un granchio, ma temo abbiano ragione su tutta la linea. Solo non avevo compreso che le cose fossero andate così oltre. Sapevo che qualcuno era interessato alla villa, ma questa cosa dell'architetto mi è nuova. Ah, a proposito, quello che so io lo sa anche tua nonna»

«E allora che facciamo?»

«Francamente, figlia mia, non so proprio cosa potremmo fare, a parte informarci meglio. La nonna potrebbe andare dal sindaco e fargli una scenata, per vedere se riesce a scucirgli qualcosa. Tu potresti fare lo stesso con tua madre. Sono d'accordo con te, comunque: bisogna capire come hanno fatto ad aggirare il testamento di Havisham, e vedere se lo hanno fatto con mezzi leciti».

«Tu cosa sai del testamento?»

«Poco più di quello che sai tu. La storia del lascito è abbastanza misteriosa. Come sai, Lord Havisham era il fratellastro di Adele Filò, e quando i genitori morirono volle Adele al castello con sé; fino a quel momento la vecchia Lady non aveva mai voluto saperne di lei perché era figlia naturale dei marito. Adele era già una ragazzina dodicenne quando si trasferì da lui. Lord Edward adorava la sorella e quando Adele scomparve, diciotto anni dopo, spese moltissimo danaro per ritrovarla, senza riuscirci. Era disperato, e qualcuno sostiene che per questo motivo si ammalò di cuore fino a morirne. Secondo le chiacchiere della città per qualche motivo si riteneva responsabile di quella scomparsa: ufficialmente Adele era partita per un viaggio di piacere, così disse lui alla polizia, ma chissà se era vero o nascondeva qualcosa? Fatto sta che nei dieci anni successivi alla scomparsa raccolse tutte le lettere che Adele aveva scritto agli amici, agli altri scrittori, agli editori, e così mise insieme l'archivio. E non avendo figli fece quello strano testamento: la villa sarebbe stata il suo dono alla città se la città avesse rispettato la memoria di Adele conservando lì il suo archivio. In caso la città avesse rinunciato a tutelare l'archivio e la memoria della sorella, allora la villa sarebbe andata ai parenti più vicini nell'asse ereditario. Qualora fossero tutti morti o irreperibili il Comune, a nome della città, avrebbe potuto vendere villa e parco a un privato. Perché ciò significava che non aveva saputo godere di un bene pubblico. Lord Edward era un brav'uomo, e sapeva che Walden aveva bisogno di un luogo in cui le persone potessero coltivare i propri sogni. Non gli interessava solo preservare la memoria della sorella, ma anche la memoria di ciò che Walden era sempre stata: un posto in cui contavano ancora la conversazione, la buona lettura, la musica e il teatro E per cinquant'anni la sua casa è stata la casa di tutti noi»

«Ma allora perché la clausola della vendita, se era un brav'uomo?»

«Perché le cose bisogna meritarsele. E Walden forse non si merita più un luogo come villa Havisham»

Mentre a casa Swan avveniva questa conversazione, nella redazione della Voce di Walden se ne stava svolgendo un'altra, ben più sgradevole, protagonisti Pernille e Trumpet.

L'ufficio di Pernille era grande come una portaerei, con una scrivania enorme in cristallo nero e una principesca poltrona di cuoio: il tutto molto pretenzioso, scomodo e assai poco pratico, ma d'altra parte non era stata lei a scegliere l'arredamento. Al momento, comunque, sulla poltrona principesca stava seduto Trumpet, mentre lei si limitava ad ascoltarlo in piedi appoggiata alla scrivania.

I due non si erano più parlati dalla cena disastrosa, ma quella non era certo la prima discussione accesa da quando si conoscevano. E quella che stavano avendo in quel momento non sarebbe stata l'ultima.

«Lucius, mi spieghi perché dovrei intervistare il presidente della tua Fondazione di miliardari e soprattutto perché dovrei metterla in prima pagina?»

«Non ti ho ancora spiegato, mia cara. Lascia che sia più chiaro. Non devi intervistarlo per fargli pubblicità. Fidati. Vedi, la Fondazione *Imprenditori generosi* sta per fare una proposta imperdibile alla città di Walden e all'Università. Compreranno l'archivio di Adele Filò per regalarlo all'Università. È una notizia, non una marchetta».

«Ma... l'archivio è un simbolo, per Walden».

«Appunto, ed è per questo motivo che si tratta di una notizia. Il fatto che io sia nel consiglio di Amministrazione della Fondazione potrebbe infastidire la tua etica giornalistica, ma è il motivo per cui sono al corrente del fatto».

«E questa Fondazione che vantaggio ha a comperare tutti quei metri di carta per poi regalarlo?»

«Non è da te una domanda simile. Sai bene che una buona pubblicità è una miniera d'oro per un imprenditore. E il mecenatismo di questi tempi dà un grande ritorno di immagine».

«Lucius... non sono cretina, anche se comincio a pensare che tu lo creda. Ci sono sponsorizzazioni più redditizie, sai: una mostra, un nuovo museo... quindi, perché l'archivio, visto che non corre il rischio di essere travolto da una inondazione, o da una invasione di ratti e là dov'è sta benissimo?»

«Bé, ma questo puoi chiederlo direttamente al presidente, vedrai che te lo spiegherà».

«Ho intenzione di farlo. Se devo fare questa stupida intervista la farò a modo mio. Ok?»

«Pernille, io conto proprio sul tuo rigore professionale. È per questo che ti ho assunta...»

«Ma per favore...»

«Credimi. Per dimostrati la mia buona fede ti lascio carta bianca su questa intervista... puoi anche non farla. Ok? ma prima parlaci, con Jamon»

«Che sarebbe il famoso presidente della vostra fondazione di ricconi... Bel cognome. Immagino venda prosciutti».

«Parlaci, e vedrai se mi darai ragione o no. E comunque l'Università ha già detto di sì».

«Quindi la notizia c'è... ok, faccio le mie verifiche e poi lo chiamo. Tu però in cambio ti metti a studiare con me un piano di fattibilità per un sito internet decente, Ok? Dimostrami che sei il proprietario della testata sul serio».

«Promesso. E adesso, per favore possiamo parlare di noi due?»

Pernille lo guardò con occhi di brace... il giallo degli iridi a indicare zona pericolo.

«Vuoi parlare di noi due? Ok...Prima di tutto togliti dalla mia sedia».

Trumpet si alzò immediatamente e gliela cedette subito. Le postazioni si invertirono, lei sulla sedia e lui appoggiato alla scrivania, pericolosamente vicino.

«Te lo avevo promesso che non avrei insistito. Ma, anche l'altra sera, a cena, sei sgusciata via come un'anguilla... Insomma, io vorrei che ci fosse un "noi due"... Lo vorrei da molto tempo».

«Bene, allora adesso mi ascolti. Te lo avevo detto quando sei venuto a Charming City a offrirmi il posto. Non mescolo la vita privata con il lavoro, chiaro? Non con il mio capo, soprattutto. Non hai comprato il pacchetto completo».

Il linguaggio corporeo di Pernille era piuttosto eloquente, con i gomiti puntati sulla scrivania e le mani a mulinare nell'aria.

«Ma non posso impedirti di farmi la corte. E se le cose vanno come spero, cioè se mi lasci fare il mio lavoro, io fra un anno, un anno e mezzo me ne torno a Charming City con un incarico di prestigio. A quel punto non sarai più il mio capo e ne potremo parlare...»

«E io per allora avrò ottenuto quello che voglio».

«Cioè?»

«Tu fai l'intervista, e poi ti spiegherò».

«Ok... adesso avvicina la poltrona e ascolta i progetti che ho per questo giornale...»

E passarono due ore fra cifre, tabulati e statistiche. Alla fine Trumpet cedette e Pernille soddisfatta lo congedò.

Appena l'uomo fu uscito cominciò a massaggiarsi le tempie per rilassarsi e fare il punto sulla propria situazione. Tenere Lucius sulla corda senza rifiutarlo apertamente, dargli qualche contentino quando voleva immischiarsi nel suo lavoro, e nel frattempo fare il miglior giornale possibile, questo era stato il suo obiettivo fin dall'inizio. Ma su questa intervista il suo fiuto le diceva di stare molto attenta, e un pizzicorino al naso continuava ad avvisarla che il suo capo la stava manipolando.

Decise così di fare un paio di telefonate, perché doveva verificare alcuni fatti che non le tornavano. La prima telefonata fu ad un ex fidanzato che insegnava all'Università di Walden, e in cui aveva piena fiducia.

«Klaus, sono Pernille».

«Mia cara...era ora. Aspettavo ti facessi viva, ora che sei in zona».

«Aspetta, niente smancerie. Ti chiamo in qualità di giornalista, non di amica. Per cui tu in questo momento sei una fonte. Ti chiederò un paio di cose, e dimmi sinceramente se hai voglia di rispondere».

«Spara».

«L'archivio di Adele Filò. Tu non puoi non sapere, visto che ti occupi di letteratura...»

«Ho capito. Allora, citami senza fare il mio nome, ok?»

«Va bene. Un docente che desidera restare anonimo...può andare, così?»

«Perfetto».

«Ok, prima domanda, è vero che avete deciso di accettarlo in dono? E seconda domanda, come fate a gestire un archivio così grosso, con la penuria di danaro, spazi e personale che c'è nelle università pubbliche? Insomma, se questo regalo è vero, più che un regalo mi sembra un cavallo di Troia».

«Diciamo che avresti ragione su tutta la linea, e infatti in condizioni normali non potremmo permettercelo. Ma questi signori della cosiddetta Fondazione, della quale ho sentito parlare per la prima volta solo quindici giorni fa, ci regalano anche i locali e ci garantiscono due unità di personale pagate da loro. Di fatto ci mettono una quantità di danaro spaventosa... Oltre a quello che useranno per comperare l'archivio dal Comune».

«E tu mi dici che non li conosci?»

«*Gli imprenditori generosi?* No, mai sentiti prima di questa storia. Però so chi ne fa parte. Tutti gli imprenditori, palazzinari, faccendieri di Borsa della zona, da quelli puliti a quelli i cui soldini puzzano alla grande. E se vuoi la mia opinione, io a tutte le riunioni del Senato Accademico ho votato contro»

«Dimmi perché»

«Perché c'è un disegno dietro, e non ho ancora capito quale sia. Ma c'è, dammi retta. E adesso che dirigi il giornale di Walden non vorrei essere nei tuoi panni. Perché il vero artefice di tutto è il tuo boss. Jamon, quello, è solo un prestanome. Tutta la partita l'ha seguita Trumpet».

«Lo sapevo. Sai che ti dico? Mi sono messa in un mare di guai con le mie mani e adesso non so come uscirne».

«No, Pernille. Su questo ti sbagli. Tu sai sempre come uscirne».

«Spero tu abbia ragione».

Dopo aver salutato l'amico si mise a passeggiare per la stanza, in collera con se stessa e con la propria ingenuità: ne aveva già avuta una dolorosa consapevolezza dopo la cena con Trumpet, quando ancora non aveva capito tutto. Ora però doveva tirarsi fuori dalla faccenda, perché facendo parte di quel gioco avrebbe ferito le due persone che contavano di più per lei, la figlia e la suocera.

La telefonata successiva fu quindi inevitabile.

«Leda. Sono Pernille. Bisogna che ci vediamo, perché ci sono cose che devi assolutamente sapere».

Il giorno dopo Ethan stava pensando alla madre, e al fatto che avrebbe dovuto avvertirla di tutto, quando fu preso in contropiede da una sua telefonata..

«Figliolo. Emma è da te, questa settimana, vero?»

«Sì».

«Bene. Domani sera verreste a cena a casa mia? È abbastanza urgente. Per favore, cercate di liberarvi se avete altri impegni».

«No, no. Ci saremo».

Casa di Leda era un appartamento posto su due piani in un'antica palazzina di abitazioni a schiera con giardino privato, all'americana. L'interno era piccolo, armonioso e molto curato nei dettagli, come tutto in Leda.

Quando Emma vi si recava, di solito ad accoglierla sulla soglia erano la nonna e la gatta, Pru, ma quella sera Pru non si fece vedere, forse intuendo che non era aria. In compenso, ad aprire la porta fu Pernille.

«Mamma?»

«Ex moglie?» Ethan stava per farsi cadere di mano il vassoio dei dolci.

«Non fate quelle facce, forza. Entrate. La nonna vi aspetta».

Leda li raggiunse e li fece entrare con un sguardo, senza una parola, ma con un chiaro invito degli occhi a non fare domande e a obbedire. Li guidò in cucina e si sedette a tavola. E parlò.

«La cena è pronta. Cena fredda perché non abbiamo avuto molto tempo per pensare a cose impegnative. E Pernille ha qualcosa da raccontare».

Il primo quarto d'ora passò con il resoconto dalla giornata lavorativa di Pernille e con le sue scoperte. Ethan e la figlia non avevano ancora spiccicato parola, sopraffatti dallo stupore.

Poco a poco però si ripresero e cominciarono a parlare insieme: «Anche noi abbiamo novità...» Stava cominciando Emma. E il padre, dandole su la voce la zittì: «Aspetta. Come facciamo a sapere se è il caso di parlarne davanti a lei?» E indicò l'ex moglie.

«Come sarebbe?» Pernille cominciò a incenerirlo con lo sguardo. «Sono o non sono qui?»

«Tu sei parte del complotto».

«Piantala, Ethan e racconta le vostre novità». Abbaiò Leda. «Scusalo, Pernille. Lui vede solo il bianco e il nero. E tua figlia è lo stesso».

Emma tolse il padre dall'imbarazzo e aggiornò madre e nonna su quanto sapevano a proposito dei progetti dell'architetto. Fu bravissima, e riuscì a non lanciare alla madre le frecciatine che avrebbe voluto. Aveva capito che Pernille era caduta nella trappola della sua stessa ambizione, e che adesso stava facendo un passo indietro. E ne era felice, ma si guardò bene dal dimostrarlo.

«Bene, permettetemi di fare il punto». Disse la nonna, cominciando a servire il cibo. «Trumpet vuole la villa e tutta la proprietà; è così convinto di poterla avere che ha già contattato uno studio di architetti per avere una prima bozza di progetto.

Cena di famiglia

Sapendo che il solo modo per avere la villa è svincolarla dalla donazione, e dal testamento, e quindi dall'archivio, ha trovato il modo di liberarsi dell'archivio comperandolo e vendendolo all'Università».

«Esatto» aggiunse Pernille, «E ha praticamente inventato una fondazione raccogliendo i suoi soci in affari e i loro capitali per poter fare un'offerta così generosa che l'Università non può dire di no. Capite? Che figura farebbe il rettore a non accettare, se le condizioni sono buone come mi è stato riferito?»

«E la biblioteca? E la Cineteca? E le sale dei gruppi musicali, il teatro?» Emma era quasi in lacrime.

La nonna commentò in modo piatto: «La biblioteca, e io con lei, trasloca in qualche edificio della periferia, ovviamente un po' ridimensionata; la cineteca anche, eliminando le rassegne di cinema e limitandosi al solo restauro, e il resto sparisce. Il resto per il Comune sono oneri, quindi... Si può sempre dire che si fa per risparmiare»

«Allora hanno ragione i miei amici... sparisce la città come la conosciamo». Emma stava sperimentando l'impotenza per la prima volta in vita sua, ed era una sensazione bruttissima.

Ethan che aveva taciuto fino a quel momento, commentò: «Naturalmente... ecco perché tu sei qui», indicando la ex moglie con sguardo nauseato. «Dovevi servire a preparare il terreno. Nei prossimi mesi avresti dovuto scrivere e far scrivere articoli inneggianti alla bellezza del progetto, alla forza del progresso che fa breccia anche qui a Walden. Ovvio. E come mai sei qui, allora? Perché non sei là a scrivere le tue articolesse?»

«Papà, piantala. La mamma adesso è qui, ok? Piuttosto, perché prendersi tanto disturbo? Non faceva prima a comperarsi un intero quartiere dando tanti bei soldini ai proprietari, invece che mettere in piedi questo polverone?»

«Non capisci, Emma», continuò il padre, «Lui odia questa città, e la villa è un simbolo della città. Ma ci gode ancora di più perché odia gli Swan. E la nonna Leda ha fatto moltissimo per la villa e per tutte le sue attività»

La nonna era la più serena del gruppo, e guardò il figlio con un sorriso triste. «Può darsi. Ma neanche Trumpet spende tanti soldi suoi e di altri investitori solo per un capriccio. Andiamo!». E Aggiunse guardando il figlio: «Non puoi essere così ingenuo da credere che l'odio da solo sia un movente»

Pernille intervenne, affranta: «Ve le dico io le implicazioni. Ho fatto un paio di indagini ulteriori prima di venire qui... perché, anche se ti scoccia ammetterlo, Ethan, io sono brava a fare il mio lavoro... ebbene, ecco quello che ho scoperto. Tutti sanno che il centro storico di Walden non si tocca grazie alle leggi che la salvaguardano. Nulla si può toccare, dentro le mura, eccezion fatta per l'edilizia conservativa e la tinteggiatura. È uno degli aspetti di cui Walden è sempre stata orgogliosa, ma che non vale per villa Havisham. C'è un inghippo legale che permette l'edificabilità dell'area e anche del parco».

«Questo spiega perché la vogliano con tanta ostinazione». Commentò Ethan a malincuore, pur morendo dalla voglia di contraddire Pernille.

«Temo non ci sia molto da fare, in proposito». Aggiunse Leda, «Ma domani andrò dal sindaco e cercherò di carpirgli qualche informazione».

Emma, ancora turbata, provò a scervellarsi: «E gli eredi? Non c'è la clausola degli eredi nel testamento? Vero, papà? Possiamo vedere se c'è qualche erede e poi convincerli. Se l'archivio non c'è più e ci sono degli eredi la proprietà torna a loro, giusto?»

«Certo», aggiunse il padre sarcasticamente «se ci sono gli eredi, saranno poi ben contenti di vendere a Trumpet... e così invece di comperare dal Comune compererà da loro... Sai la differenza. Siamo nella cacca comunque»

«Ethan, c'è la bambina...», lo guardò Pernille.

«La bambina ha quindici anni e mi sembra molto più sboccata di te e me messi insieme, sai bella mia?»

«Ciccio, non ci provare, ok? Quando fai la parte dei genitore che ha capito tutto mi girano le scatole».

Emma e la nonna li guardarono e si guardarono, con un mezzo sorriso. Come avevano fatto a durare anche solo sei anni?

«Ehm... Io proporrei sommessamente una tregua fra voi due». Commentò Leda. «Quanto agli eredi dubito proprio che ce ne siano... Ma tu Pernille, cosa conti di fare ora?»

«Eviterò di farmi manipolare, e proverò, fino a che mi è possibile, a manipolare Trumpet. Non mi illudo molto, ma gli ho intimato di non interferire con il mio lavoro. Farò ciò che vuole in minima parte, e cercherò di fare quello che voglio per la maggio parte del tempo; voglio fare davvero un giornale migliore... E conto sul fatto che lui spera di fare breccia nel mio cuore».

«Sei un po' immorale, però, ex moglie». Ma questa volta lo disse quasi ridendo.

La nonna aggiunse: «Ok, ma devi dare l'impressione di sapere meno di quello che sai; e di non avere contatti con me e con Ethan...»

«Su questo non ci sono pericoli...», aggiunse Ethan. «Se ti incontro per strada non aspettarti certo baci e abbracci».

«Ethan, taci», lo zittì la madre. «Ma bisogna che i loro piani vengano messi in piazza prima possibile. Non solo da Pernille».

Emma sorrise: «Per questo ho io alcuni amici che possono aiutarmi a fare tutte le pressioni che servono. Ma non aspettatevi che vi racconti di più, perché per adesso meno ne sapete e meglio è»

3. Un sasso nell'ingranaggio

Dopo la faticosa serata in famiglia Emma era rientrata a casa con il padre. Scenari e ipotesi li avevano sfiancati, e si augurarono la buona notte con un cenno. Avevano anche voglia di starsene ognuno per conto proprio, perché troppe erano le cose su cui riflettere.

Ethan sapeva di avere esagerato a prendersela con Pernille: avrebbe dovuto darle corda, insomma, non colpevolizzarla e dimostrare quella maturità che per esempio riusciva ad avere quando l'argomento era Emma. Su quella faccenda, invece, aveva fatto la figura dello scemo, e si era fatto rimbrottare da sua madre come un ragazzino. E tutto davanti a Emma, cosa che gli scocciava moltissimo.

Insomma, aveva bisogno di sfogare la rabbia perché da un lato non sapeva come affrontare una catastrofe che sembrava inevitabile, e perché dall'altro aveva dimostrato di non saperla affrontare con freddezza. Non aveva neppure una fidanzata da cui farsi consolare, altro argomento spinoso, visto che l'ultima della serie gli aveva rinfacciato la scarsa maturità. Al diavolo! E si gettò in cucina a preparare i cestini di pasta fillo ripieni di mele e noci.

Emma, invece, era un po' confusa: avrebbe dovuto essere preoccupata per la nonna, per la villa, per la città e il suo futuro, e invece era travolta da una strana eccitazione, come se si stesse preparando a una battaglia. Non vedeva l'ora di mandare una mail a Ari e Jakob e raccontargli tutto, pianificare una strategia, perché senza di loro non sarebbe stato possibile fare quello che aveva in mente.

Aprì il suo computer e si mise in collegamento con gli amici. Entrarono subito in chat, e naturalmente dopo poco Ezrah, che viveva connesso 24 su 24, chiese di poter entrare nella conversazione. Ovviamente l'ok dei tre fu immediato. E in breve Emma li aggiornò su tutto.

La risposta di Ezrah, fu proprio da boy scout:

Ezrah: << Domenica andiamo a fare una gita e discutiamone in gruppo, invitando solo persone di cui ci fidiamo. La gita serve a non avere nessuno in mezzo ai piedi che possa ascoltarci, e a cementare il gruppo!!! :-) >>

Ari: << ☹ Non mi sembra una buona idea... non mescoliamo il divertimento con le strategie.>>

Emma: <<Dai, non esageriamo. Non siamo mica il Mossad :-P>>

Jakob: << D'accordo con Emma. Anzi, decidiamo a chi estendere l'invito ^__^ >>.

Ari: << Ok... . :3 >>

Ezrah: <<Propongo Laia, che è la persona più intelligente del mondo.>>

Emma: <<Nonché la mia migliore amica.>>

Jakob: <<Purchè sia costruttiva e non sarcastica come al solito.>>

Ari: <<Allora io propongo Maiumi, che è la persona più intelligente fra quelle che conosco io.>>

Ezrah: <<Proporrei di aggiungere Heidi e Daisy, perché sono pettegole e collaborano al giornale della scuola. Se vengono a sapere qualcosa non se lo terranno per sé.>>

Emma: <<Le gemelle? Va bene, ma Laia non ci va molto d'accordo.>>

Ezrah: Fidati, si sapranno gestire... c'è troppo in gioco. Se se siete d'accordo fino al giorno della gita non diciamo una parola; fino a domenica sono solo quarantott'ore, in fondo. Emma ce la fai a stare zitta con Laia?>>

Emma: <<Ci provo.>>

Arrivato l'ok di tutti Ezrah inviò un messaggio per la domenica successiva, giustificando la gita con la necessità di una riunione di redazione fuori porta. Arrivò un sì collettivo.

E finalmente fu domenica.

La gita strategica organizzata da Ezrah era un pic-nic al lago Superiore, nei dintorni di Walden, una camminata di un'oretta abbondante con un piccolo dislivello, in mezzo alle colline.

Alle nove e cinque del mattino, zaino in spalla, Emma, Laia, Muzumi e Ezrah stavano aspettando il resto del gruppo nella piazza principale della città.

«Ehi, i pososi sono in ritardo. Figurati se Mylord Jakob e Sir Aristides non si fanno aspettare... ma io lo so perché: le due damigelle gemelle si sono fatte scortare e siccome sono in ritardo fanno ritardare anche i due cavalieri»

«Laia, sono passati cinque minuti. Datti una calmata. Anzi, promettimi che lo farai per tutta la giornata. Stai diventando davvero pesante».

«Scusa, Emma. È che ultimamente godo nel dire delle cose antipatiche»

«Volete che me ne vada? Cioè, dovete discutere cose da donne?»

E Laia, ridendo: «No Ezrah, guarda, con te non ho nessun problema neanche a farmi vedere in mutande. Figurati se mi vergogno a parlare di me stessa»

«Wow! Insomma, sono come una vecchia zia...»

«Noo, più una specie di cugina...» E risero. Non Ezrah, che non aveva gradito.

Laia smise all'improvviso di ridere, indicando un gruppetto a un centinaio d metri

«Oh oh... ecco i nostri baldi giovani in compagnia delle due gallinelle. Che vi avevo detto? Oh, mi raccomando. Non fatemi fare figuracce davanti a loro, ok?», disse abbassando la voce.

«Ma perché stai così sulla difensiva?», chiese Emma. «E comunque puoi alzarla la voce, sai? Sono ancora lontani».

«Ascolta, quei due sono ansiogeni, ok? Sono superfighi, sono figli di genitori superfighi che insegnano all'Università, sono belli, sanno suonare, fanno cinema, scrivono, recitano, cantano, vanno bene a scuola, e sono circondati dalle ragazze... non ti basta?»

Ezrah: «Ehi, allora sono superfigo anch'io? Anch'io so fare un sacco di cose, non sono brutto, e poi sono figlio di cervelloni»

«No», gli disse Laia brutalmente «tu sei un supergeek, e tuo padre è un survivalista. Insomma un supergeek al quadrato».

Ezrah per la seconda volta non prese bene le parole di Laia.

Emma, invece, anche se avrebbe voluto sapere cosa fosse un survivalista, preferì rispondere a Laia.

«Senti, Laia, è ridicolo quello che dici. Sono ragazzi come noi...»

«Zitta, stanno arrivando. Poi ne riparliamo. Adesso per favore non una parola. Ok ?»

«Ok, ma ne riparliamo... eccoci!»

Ari e Jakob le raggiunsero rilassati e sorridenti, per la prima volta da quando Emma li aveva conosciuti. Dietro di loro, agghindate come per un party all'aperto, le gemelle.

I saluti fra le due e Laia furono assai poco calorosi, ed Emma non mancò di appuntarselo.

Dopo un tragitto in bus, e solo dopo che ebbero imboccato il sentiero che portava al lago, Ari si avvicinò a Emma e la prese da parte: «Credo sia arrivato il momento di spiegare come stanno le cose. Che ne dici?»

«Sì, anche perché ho un bisogno folle di parlarne...»

«Ti capisco. Per te è una specie di affare di famiglia»

«Anche più di quel che credevo. Se tu sapessi che strana impressione mi ha fatto vedere mia madre quasi mortificata per essersi fatta coinvolgere da questa storia. Non le succede spesso di chiedere scusa. Oddio, non che lo abbia fatto, ma cercare di risolvere i guai che ha contribuito a creare è il suo modo di chiedere scusa»

«È una dura, eh?»

«Durissima. Ma l'ammiro per questo, anche se non andiamo molto d'accordo»

«Non sei l'unica, sai... io adoro mio padre, ma non sono mai abbastanza serio, responsabile e maturo per lui. Per lui il dovere viene prima di tutto, e la gaiezza, l'allegria e la spensieratezza sono forme di superficialità»

«È per questo che sei così trattenuto? Insomma, non sei uno che sorride al primo colpo»

«Sei parecchio diretta, eh? Comunque, credo di sì. Ma dammi tempo e ti accorgerai che sono anche figlio di mia madre... che sa essere leggera come una libellula. È insegnante di etnomusicologia e esperta di musiche popolari, ma studia anche storia della danza, ed è una musicista. Ho preso da lei la mia passione per la musica»

«E cosa suoni?»

«Di moderno chitarra, violino, un po' di violoncello , banjo, ukulele. Basta che siano strumenti a corda o ad arco e li sento familiari. Ma il mio strumento è il *busuki*»

«Quello strumento greco? E come mai?»

«Bé. Per esempio perché sono greco anch'io. E poi perché mia madre mi ha trasmesso la passione per la musica popolare»

«Non l'avevo mica capito che sei greco... sono proprio una cretina»

«Non solo sono greco, ma seguo da anni i corsi di greco antico e anche la mia passione per il teatro viene da lì»

Ezrah si avvicinò interrompendoli: «Che ne dite? Aspettiamo fino all'arrivo per affrontare l'argomento che ci ha portati qui? Vedo le due sorelline in difficoltà, hanno il fiatone dalla partenza. Se volete la loro attenzione è meglio aspettare il lago, secondo me».

Emma lo guardò annuendo: «Ok. Tu Ezrah saresti disposto a mettere il giornale della scuola a disposizione della nostra idea?»

«Con calma, Emma. Spiegati».

«Due sono le cose da fare. Da un lato rendere pubblico il piano di Trumpet, e coinvolgere gli studenti della scuola spiegandogli che qualcuno vuole togliergli gli spazi che hanno sempre avuto in questa città. Dall'altro, far sapere che le clausole del testamento devono essere rispettate, e il Comune deve cercare gli eredi Havisham, prima di vendere a Trumpet»

Ari intervenne: «Io e Emma ne abbiamo parlato in chat, prima che tu ti aggiungessi. Per creare un movimento cittadino contrario alla decisione del sindaco abbiamo bisogno di tempo, e solo la ricerca degli eredi ce lo può far guadagnare»

Ezrah era un po' perplesso: «Ok, ma sappiamo tutti che anche se ci fossero davvero questo non cambierebbe le cose, giusto? Potrebbero esistere, e magari essere dei morti di fame che non vedono l'ora di fare dei soldi... e di vendere, esattamente come farebbe il Comune»

«Su questo siamo tutti d'accordo», aggiunse Ari. «Ma non lo diremo mai, perché quei due o tre mesi di tempo ci serviranno per creare iniziative di controinformazione e altre cose che ci verranno in mente. Ma serve un gruppo che organizzi, e che funzioni»

Emma lo guardò un po' dubbiosa: «Ma tu le sai fare queste cose?»

«Copiamo quello che hanno fatto altri, cerchiamo in internet, ci informiamo. Nel mio paese ho amici che hanno un po' di esperienza; e poi sono un buon organizzatore e un discreto oratore».

Ezrah si mise a ridere: «Il vizio di famiglia, eh, Ari? Sai Emma, la storia familiare di Ari è gloriosa. Suo nonno in patria è stato in prigione durante la dittatura dei colonnelli, poi è fuggito, e ha passato molto tempo in esilio. Suo padre ha lasciato la Grecia da bambino e ci è tornato solo da adulto».

«Cavolo...».

Ari fece un sorriso storto: «Questo potrebbe spiegare alcune delle cose che ti dicevo prima su mio padre. Che ne dici?»

Emma lo guardò senza rispondere e gli strinse un braccio affettuosamente.

Ezrah, che aveva la sgradevole sensazione di essere il terzo incomodo, cercò di riacchiappare la palla della conversazione: «Dai, Ari, racconta a Emma di quando tuo nonno riuscì a fuggire dalla prigione».

«Ezrah, non credo che i miei drammi familiari possano interessare Emma. Mio nonno è morto per le conseguenze delle torture, e mio padre, Bé, insomma... Non ha avuto proprio un'infanzia dorata».

Ezrah si grattò le testa: «Ho esagerato, eh? È che io adoro la tua storia... Tu ce l'hai una storia, capisci? Hai ricevuto in eredità un esempio di coraggio e degli ideali».

«Già, e anche un bel fardello». Concluse Ari con una risatina un po' amara. Emma non disse nulla e si mise ad osservare il gruppetto dietro di loro. Laia stava ascoltando Maiumi, che chiacchierava fresca come una rosa e agile come un grillo. Heidi, la gemella lunga, annaspava con un paio di sneakers raso terra improponibili per una gita in alpeggio; e anche i suoi pantaloncini flou sembravano più adatti a un happy hour che ad un gita montana.

Daisy invece aveva avuto più lungimiranza ed era adeguata all'occasione: scarpa da trekking, pantaloni di velluto leggero (era pur sempre l'inizio di ottobre, tiepido, ma ottobre), felpa e bandana sui capelli biondissimi e boccolosi. Entrambe, però, ansimavano, con le facce bordò dalla fatica. Heidi sembrava ancora più silenziosa del solito, e questa volta non per timidezza, ma perché era vicina al coccolone. Daisy, anche se più piccola e tondetta della sorella, teneva botta un po' meglio e si ostinava a fingere un allenamento che non aveva: aveva occhi solo per Jakob, che la guardava un po' attonito, travolto dalla quantità di parole che la ragazza riusciva a infilare, anche se con il fiatone.

Ma con le chiacchiere si fa molta strada, e la meta ormai era a portata di sguardo. Il lago era là. Bellissimo, immerso nel verde, e circondato dalle colline.

«Stop. – Urlò Ezrah, che si era immedesimato totalmente nel ruolo del caposcout – Siccome ho deciso che il capobranco sono io, dichiaro aperti i rinfreschi. Riposatevi e aprite gli zaini. E mentre lo fate, Emma vi deve raccontare una cosa. Vai, cara!»

«È mai possibile che si debba sentire sempre soprattutto la tua voce?», chiese Daisy un po' infastidita.

«Cara la mia fanciulla, non è colpa mia se sono intelligente e brillante. Purtroppo per le tue orecchie questo fa di me un leader naturale. E come è noto, da un grande potere derivano grandi responsabilità... Emma, procedi»

«Grazie, comandante». Emma ridacchiava. Ma si fece subito seria quando dovette spiegare tutta la faccenda: «Allora, in primo luogo vi chiediamo scusa per avervi detto che questa era una riunione di redazione, ma dovevamo discutere con voi una cosa un po' delicata senza darvi anticipazioni... La faccenda è questa ed è molto contorta, quindi seguitemi. Primo passaggio: Trumpet sta comperando Villa Havisham dal Comune, e quasi tutte le attività che vi si tengono, a parte la biblioteca, probabilmente chiuderanno; dubito che il Comune avrà mai il danaro per costruire o ristrutturare un altro edificio.

Secondo: Come forse sapete, il Comune non può vendere la villa fino a che essa resta vincolata all'archivio di Adele Filò; qualora l'archivio andasse venduto il Comune non potrebbe più servirsi della villa e dovrebbe venderla. Ovviamente con grande gioia di Trumpet.

Il prato

Terzo passaggio: Per rendere vendibile la villa occorre un compratore per l'archivio, possibilmente di prestigio, ed ecco che, contemporaneamente a questi fatti, una fondazione culturale si presenta dal sindaco dicendo che comprerà l'archivio e lo donerà all'Università.

Quarto passaggio: Naturalmente c'è il trucco. Dietro la Fondazione c'è sempre Trumpet. Insomma, tutto torna. Il sindaco può vendere a Trumpet e Trumpet può comperare la villa, visto che sempre Trumpet, nascondendo dietro la fondazione, ha comperato l'archivio. Così al posto della Villa sorgerà probabilmente un condominio per gente benestante con country club, bar, insomma... danaro che gira. Tutto chiaro per ora?»

Silenzio e visi attenti. Bene.

«E pare, così mi ha detto mia madre, che la villa sia il solo luogo edificabile del centro storico...»

Laia si aggiunse: «Basta conoscere la storia di Walden per capirlo. Esiste un vincolo paesaggistico, tutelato da una legge nazionale, per cui gli edifici privati del centro storico non si possono toccare, a parte manutenzione o restauro. E purtroppo Villa Havisham ne è esclusa perché quando fu varata la legge venne considerata edificio pubblico. Dopo la vendita non lo sarà più, ma ormai è troppo tardi. Io e Ez abbiamo fatto un'inchiesta sugli scempi architettonici l'anno scorso, per il giornalino della scuola»

«Già. Laia è una reporter coi fiocchi»

Emma era orgogliosa della sua amica, e stava per aggiungere qualche commento sul mostro di cemento che avrebbe deturpato il centro storico. Ma fu preceduta:

«Oddio, e noi dove faremo lo spettacolo teatrale di fine anno?»,
chiese Daisy guardando Ari, che era l'aiuto regista dello spettacolo
scolastico. Pareva di sentire il flop flop, del suo battito di ciglia.

«Guarda che c'è in ballo molto di più del nostro spettacolo...», la
gelò Ari.

Laia intervenne: «Esatto, quello che sparisce è uno stile di vita. E se
il sindaco è d'accordo con Trumpet è perché anche lui vuole
smantellare un pezzo della nostra città. La cultura costa, e costa
anche mantenere villa Havisham»

«Ma io pagherei volentieri più tasse per mantenere Villa
Havisham», disse Ezrah.

E Jakob, che fino a quel momento non aveva ancora parlato,
guardò Laia sorridendo, anche se si stava rivolgendo a Ezrah:
«Appunto. Ma quanti cittadini la pensano come te, ormai? Se il
sindaco ha detto di sì a Trumpet è perché ha fatto i suoi conti.
Quell'uomo non fa nulla per caso, e vuole diventare senatore nel
Governatorato Generale di Charming City, quindi ha sicuramente
degli spin doctors che lo consigliano»

«*Spin* che?». Per la prima volta si sentì la voce di Heidi.

Laia rispose senza neppure guardarla: «Spin doctors. Sono i
consiglieri dei politici, che di solito si servono dei sondaggi per
decidere quali sono le idee più popolari e convenienti. E questi
sicuramente hanno calcolato che alla maggioranza degli abitanti di
Walden e dintorni interessa di più pagare meno tasse che
preservare tutte le nostre iniziative culturali. Senza contare che se
sorgerà davvero un complesso residenziale con country club
eccetera la gente dirà che tutto questo crea posti di lavoro e
ricchezza. Giusto Jakob?»

«Giusto, Laia. Aggiungerei poi» continuò Jakob con la consueta saggia dolcezza «che per noi ragazzi, che siamo cittadini non solventi, cioè senza una lira, non ci saranno più spazi. O parliamo ora o avremo sprecato la nostra occasione. Forse l'unica».

«Adoro quando parlano i poeti, Jakob. Sei proprio ispirato», disse Ezrah.

«Grazie Ez. Ma sai che noi poeti siamo anche più bravi con le parole che con i fatti. Per i fatti siete più bravi tu e Ari»

Emma si estraniò un po' dal gruppo, osservandoli. Lo faceva spesso, e non poteva farci nulla: la sua passione per il disegno e la scrittura la spingevano spesso a mettersi nella posizione dell'osservatrice, con la matita o la penna in mano.

E in quel momento li avrebbe ritratti volentieri. Laia sembrava aver dimenticato la scontrosità di prima, ora che Jakob le aveva sorriso e l'aveva ascoltata con interesse. Jakob sorrideva e ragionava a voce alta, trovando le parole giuste, ascoltando e rivolgendosi sempre a tutti con gentilezza, e i suoi modi sembravano un perfetto complemento del suo aspetto fisico: gli occhi azzurri, le mani lunghe da pianista, i capelli ricciuti con la ciocca bianca, un po' da preraffaellita, e quel fisico da danzatore, non alto ma flessibile come un giunco. Ari, che in quel momento parlava con Maiumi, così fisicamente imponente e carismatico, sempre sicuro di sé, appassionato e determinato in tutto ciò che faceva. Maiumi stessa, che sembrava una miniatura, e che ancora era un mistero per lei. Ez, rosso di capelli e di lentiggini, magro e alto come una pertica, sempre una lunghezza avanti rispetto agli altri, anche se a volte un po' troppo entusiasta.

E le due gemelle, buffe, candide, ma civette e un po' fatue. Certo, se nasci con gli occhi azzurri e i boccoli, come Daisy, diventi fatua quasi per naturale inclinazione: Daisy, poi, in più era bassetta, paffuta e sembrava un bignè. Sua sorella, alta e magra, aveva gli stessi colori, ma i capelli dritti come spaghetti, e vestiva sempre in modo inadeguato alla circostanza. Laia diceva con un pizzico di crudeltà che era sua madre a sceglierle i vestiti perché Heidi era priva di personalità. Certo, era difficile capire se fosse vero o meno, visto che non parlava mai.

«Emma, allora?» la interpellò Maiumi

«Come?»

«Ti abbiamo chiesto cosa avete in mente di fare»

«Ero distratta, scusa». E si mise a spiegare alle quattro ragazze le loro intenzioni: gli eredi, le iniziative per sensibilizzare altra gente e per far conoscere la verità.

«Naturalmente, prima di fare qualunque iniziativa di sensibilizzazione dovremmo rendere pubblico tutto fornendo prove» E guardò Jakob con intenzione.

Ezrah li interruppe: «Sentite, questo ve lo dico in qualità di direttore del giornale: il giornalino della scuola non è il posto adatto per fare una campagna di informazione. È cartaceo e si occupa di informazioni relative alla vita di noi studenti: intervista a chi ha vinto le medaglie dei vari sport, articolo sul club di scacchi, insomma... questa roba qui. Noi dobbiamo fare un sito internet pirata e magari darne notizia nel giornalino come se non c'entrassimo. Deve essere anonimo e non riconducibile a noi».

«Guarda che informando e fornendo le prove non facciamo mica nulla di illegale», obiettò Laia.

«Forse, ma l'idea di un gruppo pirata di controinformazione è più intrigante. Credimi», continuò l'altro. «Dobbiamo trovare un nome figo e quando faremo le azioni dimostrative le firmeremo con lo stesso nome».

«Scusate, dimenticate una cosa». La voce di Daisy era un po' stridula, evidente segno di tensione. «Non è mica detto che siamo tutti d'accordo. Io per esempio non so se voglio grane. Non voglio partecipare a progetti segreti o azioni paraterroristiche. E se non voglio partecipare cosa mi fate? Mi ammazzate perché non dica nulla?»

«Ma sei fuori?» Laia era imbestialita. «Cosa credi che abbiamo intenzione di fare? Se non vuoi partecipare te ne vai e basta»

Heidi questa volta parlò e si rivolse alla sorella: «Io penso che dovresti tacere e ascoltare, per una volta»

Poi si girò a guardare tutto il gruppo: «So cosa dicono tutti. Sono la gemella senza personalità, la fifona, la vigliacca, la timida. Ma almeno questa volta so cosa voglio. E voglio stare in questa cosa. Non mi capita spesso di sapere qual è la cosa giusta da fare: e questa volta lo so».

«Ehi – Questa volta era Ez a parlare. –La gemella recessiva sorpassa quella dominate e segna».

Daisy era senza parole da quando la gemella aveva ritrovato le sue: «Va bene, ci sto anch'io. Ma permettetemi almeno di scegliere come dare il mio contributo».

«Certo» Emma la incoraggiò «Parla pure, qui non ci sono generali e comandanti, puoi scegliere».

«Io vorrei collaborare alla ricerca degli eredi. Le altre cose non mi piacciono. E se ho paura ho diritto di dirlo, ok?»

«Ok», risposero gli altri quasi in coro. Ez allora si rivolse a Emma: «A questo proposito... ci spieghi un po' meglio la faccenda del testamento?»

«Ok. Mi sono fatta dare da mia nonna una copia del testamento. Sentite qual è la clausola che ci interessa». E tirò fuori un plico di fogli dallo zaino. «Ecco qui: "*Qualora l'archivio venga acquistato da altri, e non sia più gestito e curato dall'amministrazione cittadina, la villa e la proprietà ad essa annessa dovranno tornare alla famiglia Havisham. In primo luogo, se eventuali eredi della nostra Adele risultassero viventi, resta inteso che la villa e la proprietà andranno a loro. Qualora ciò non fosse possibile, come temo, si tenti di rintracciare un erede del ramo cadetto Havisham. È compito dell'esecutore testamentario fare tutto il possibile nell'uno, o in alternativa, nell'altro senso. Qualora nessun erede venga rintracciato, dopo un congruo lasso di tempo stabilito dall'esecutore testamentario stesso, l'amministrazione comunale provvederà alla vendita, senza avvantaggiarsene, e donando il ricavato all'orfanatrofio Cider House.*"»

«Bé», commentò Jakob «è evidente che il sindaco non è interessato ai soldi della vendita, visto che non avrà una lira».

Ari completò il concetto con voce iraconda: «**LA CITTÀ** non avrà una lira. Il sindaco potrà contare sui soldi di Trumpet per la sua campagna elettorale al Governatorato Generale l'anno prossimo. E potrà usare come slogan "l'uomo che ha creato ricchezza e posti di lavoro."»

Laia li interruppe un po' spazientita. «Scusate, torniamo agli eredi, per favore. Perché si parla degli eredi? Chi sono, se ce ne sono?»

Allora Emma prese la situazione in mano: «Facciamo che io vi racconto quello che so su Adele ma nel frattempo cominciamo a pranzare, ok? Io ho fame e se ho fame sragiono...»

Detto, fatto. Cominciarono a svuotare gli zaini e a mangiare con gusto. Quando le pance furono piene Emma illustrò tutta la vicenda di Adele così come il padre l'aveva raccontata a lei.

«E gli eredi di Adele?» chiese Laia? «Se il lord ne parla ci sarà un motivo».

«Boh! Non mi risultano eredi, ma probabilmente si tratta di una clausola di rito. Chiederò ancora ai miei ma non lo so. So per certo che Adele non aveva legami sentimentali, o almeno nulla che si sapesse ufficialmente».

«Io ho una proposta». disse Daisy «Perché non indaghiamo sulla scomparsa di Adele? E se la ritrovassimo? Tu Emma potresti andare all'archivio Filò a leggere le sue lettere per vedere se ci sono indizi. E noi potremmo fare domande in giro... Io ho una zia molto vecchia, anzi decrepita, che è stata amica di famiglia degli Havisham. Ha novant'anni ma è lucida come una trentenne e pettegola come una gazza... potrei cominciare da lì. Servirà pure a qualche cosa essere imparentata con le vecchie famiglie di Walden».

«Certo che sì, a vantarsene». Aggiunse Laia, un po' acida.

«Laia, piantala. Sei ingiusta con me».

L'altra alzò gli occhi al cielo, «Ok, è vero. Sono ingiusta, ma permettimi un'osservazione: Adele avrebbe, quanti anni adesso?»

«Una novantina» le rispose Emma.

«Certo!» continuò Laia con spirito polemico «Quindi, nell'improbabile caso che sia scomparsa di sua volontà e non morta in qualche incidente o omicidio rapina, furto, calamità naturale, dovremmo sperare che abbia goduto di buona salute per arrivare in forma a novant'anni apposta per farsi trovare da noi».

Jakob la interruppe con la consueta calma serena da bonzo: «Secondo me conviene battere anche la pista Adele, però, anche se sembra improbabile. Intanto gli altri possono occuparsi dell'altro aspetto, il sito pirata. Io posso contribuire con le immagini, che sono la mia specialità. Se vogliamo mandare qualcosa in streaming posso girare un piccolo video che racconti la storia della villa e le vicende recenti. Potrei curare anche una serie di interviste ad abitanti di Walden e metterle a disposizione, se facciamo in tempo».

«Io mi occupo di pianificare la prima azione» si inserì Ari «e di cercare un po' di consensi. Ez, mi dai una mano in questa cosa? Chi altri?»

Ancora una volta Heidi li stupì: «Io ci sono. Se hai bisogno di ballerini per un flashmob io posso procurartene. Sono una danzatrice... ma potete comunque contare su di me in tutti i casi».

«Grazie». Ari la guardò con un sorrisone.

«Bé, allora ci sono anch'io». Sì aggiunse Laia. «Ma conviene trovare un nome per il nostro gruppo di guastatori. Avevate citato i pirati, no? Pensiamo a qualche cosa in tema».

Maiumi, che era rimasta silenziosa per tutto il tempo, prese finalmente la parola: «Troppo inflazionati. Ormai dopo Johnny Depp e i film su Jack Sparrow i pirati non incutono più timore a nessuno».

Ez la guardò pensieroso e aggiunse: «Ma perché non usiamo invece qualche cosa che viene dalla storia del giornalismo? Chiamiamoci *Les Colporteurs*, come quei tizi che durante il Sei e Settecento andavano per i villaggi a vendere almanacchi e libri proibiti. Lo sapete che poco prima della rivoluzione francese furono loro a vendere di nascosto gli opuscoli contro il re? Furono i primi messaggeri della democrazia. Dovrebbero essere un simbolo per i giornalisti moderni».

Ari, entusiasta, gli diede una pacca sulle spalle «Mi piace moltissimo. Chi vota a favore?»

En plein. Tutti votarono a favore e, almeno per quell'aspetto, l'accordo fu totale.

Le due ore successive le impegnarono a fare il bagno nel lago, a prendere il sole e chiacchierare.

Emma e Laia si appartarono un po' sotto un albero all'ombra. Emma cominciò l'interrogatorio che aveva in mente dalla mattina.

«Allora. Mi dici che ti succede? Perché a volte sei così scostante? Insomma, Laia, io non ti conoscevo così.

«È colpa della scuola. Tu e io non siamo mai state a scuola insieme; e quindi non sai come è dura adattarsi a una scuola in cui tutti credono di essere delle promesse di qualche cosa. Io vado d'accordo solo con Maiumi e Ezrah perché non se la tirano. Ez sembra buffo, sì, ma è un genio assoluto. Però siccome è molto nerd, alla fine è più simile a me che a gente come Ari o Jakob».

«Ma almeno lui va d'accordo con tutti. E tutti lo stimano».

«Certo, ma alla fine è solo quanto me».

«Non ti facevo così complessata. Ma perché?»

«Perché io non ho nessun talento, Emma. Non recito, non faccio cinema, non sono figlia di docenti universitari o di artisti. Ah, già, non sono neppure di famiglia quasi nobile come le gemelle. E non provengo da qualche misterioso paese europeo come Ari, o Jakob. La cosa più esotica di me è il mio nome. Ho un nome catalano solo perché mia madre è andata in vacanza a Barcellona e là ha conosciuto un tizio che ha pensato bene di metterla incinta e scappare».

«Sono la tua migliore amica. Lo so bene...»

«Sì, ma sai cosa significa essere figlia di una madre sola che passa il tempo a fare i conti dei soldi, e che per vivere fa la naturopata? Una convinta che la vita sia guidata dalle congiunzioni astrali e che pianta il basilico solo a mezzanotte di luna piena?»

«Laia, tua madre è una donna eccezionale. Quante volte ho desiderato che Pernille le assomigliasse».

«E io avrei voluto una madre che usasse il cervello invece di farmi le carte. Non è mica una bella eredità sai, quella di essere figlia di una strega fricchettona. E Walden è una città snob. Capisco tua madre e il suo libro su Walden, più di quanto la capisca tu».

«Forse. Ma tu sei tutto fuorché banale. Forse non sai ancora cosa vuoi essere, ma per adesso posso dirti che sei una bellissima persona, fuori e dentro. E questo livore che tiri fuori ti fa male, fuori e dentro».

«Fuori non sono bella, anzi faccio schifo. Non sono abbastanza magra, e i capelli rossi e ricci sono solo troppo visibili, non belli. E poi che mistero c'è nelle lentiggini?»

Emma si rese conto che non aveva capito molto di Laia, e che forse non era stata poi un'amica così buona, se non lo aveva capito.

«Ma è anche successo qualcosa? C'è qualcosa che non mi hai detto, magari su un ragazzo?»

La domanda non era casuale, perché Emma ricordava bene cosa le aveva detto Ez, a proposito dell'ipotetico innamoramento di Laia.

Laia la guardò insospettita. «Ez ha parlato, eh? Sì, è successo che ho abbassato le difese e mi sono innamorata di un pososo, l'anno scorso».

«Non mi hai raccontato nulla. Perché?»

«Perché parlo sempre di ragazzi, con te, e tu con me mai; quindi per una volta ho evitato di essere la solita prevedibile e fatua Laia. Poi le cose si sono complicate e mi sono vergognata di come è finita. E allora non ho più avuto il coraggio di dirti nulla».

«E adesso? Hai voglia di parlarne?»

«Per forza. Adesso che ho cominciato... Insomma, è successo che mi sono resa ridicola. Ho partecipato a un corso di teatro perché mi ero bevuta il cervello per colpa di un amico dei nostri pososi, che recita con Ari, e che ha anche partecipato a un video di Jakob. Quindi come vedi siamo nell'occhio del ciclone, tutti quelli che oggi sono qui sanno tutto. Bé, io avevo fatto l'errore di dire a Daisy che mi ero iscritta al corso solo per lui. Quando sono stata scelta per uno dei ruoli principati al posto di Daisy, lei si è vendicata e ha cominciato a sbraitare davanti a tutti che non era giusto, che lei viveva per il teatro mentre io ero lì solo per correre dietro al tipo. E invece io per una volta mi ero sentita parte di qualcosa».

«Bé? Tutto qui?»

«Oh, no. Perché qualcuno lo ha scritto sulla pagina di rumorsontheweb della scuola, dove girano i pettegolezzi, e a me è stata tolta la parte, perché alcuni della compagnia si vergognavano di tutta la storia. E i commenti che sono girati mi hanno quasi uccisa. Uno ha scritto "chissà se ha convinto sua madre a prepararle un filtro d'amore". Capisci adesso?»

«Capisco solo che anche se ero a Charming City avresti dovuto raccontarmi tutto».

«Emma, io mi ero davvero iscritta per un ragazzo, capisci? Dopo ho scoperto che mi piaceva quello che stavo facendo, ma avevano ragione loro. E lo dicevo a te, che sei sempre supermotivata? Sempre pronta a sperimentare teatro, musica, arte bla bla bla? Che hai una famiglia supercool? Mi avresti giudicata una cretina...»

«No, porca vacca. Io ti voglio bene, e non giudico le persone che amo, a parte forse mia madre. E poi da che mondo è mondo tutti lo facciamo, di iscriverci a qualche cosa perché c'è un ragazzo che ci piace... poi ci dimentichiamo del ragazzo e ci appassioniamo a quel che stiamo facendo».

«Non tu».

«Anch'io. È solo che sono di gusti difficili. Ecco perché non parlo di ragazzi. E poi di fidanzati ne ha avuti anche troppi mia madre... e assomigliarle non mi fa impazzire. Tutto qui».

«Ok, voglio crederti». Comunque... da questa vicenda mi sono rimaste una gran vergogna e il complesso di inferiorità che avevo cercato di superare facendo teatro e lavorando al giornale. Il complesso della figlia di nessuno. E un discreto odio per le due gemelle».

«Per Daisy».

«Bleah, l'altra è solo una comparsa».

«Mmm... non sono d'accordo. Secondo me ci stupirà».

«Non vedo l'ora, guarda».

Emma avrebbe voluto chiedere a Laia come avevano reagito Ari e Jakob, ma aveva paura di scoprire che avevano fatto fronte comune con la compagnia teatrale. Ci sarebbe rimasta troppo male.

Ma ci pensò Laia a toglierla dall'imbarazzo: «E comunque, se t'interessa, i due belloni in quella circostanza sono stati molto nobili e saggi».

«I due Belloni? Cioè chi?»

«Come sarebbe, chi? Stanlio e Olio?... sveglia Emma!! Ari e Jakob ovviamente. O la tua virtù ti impedisce di vedere che sono due maschi da paura?»

«Sono molto preparati e in gamba...»

«Oddio, sei senza speranza. Comunque, se ti interessa, Ari ha votato contro il mio allontanamento dalla compagnia dicendo che a lui interessava solo che io fossi una buona attrice, e Jakob, che non fa parte della compagnia, mi ha detto: "la sola cosa che ti contesto sono i tuoi gusti in fatto di uomini."»

Entrambe si misero a ridere. E Laia proseguì: «E adesso il tipo non mi interessa più. Almeno sono guarita. Quindi se Ez ti ha raccontato diversamente sbaglia».

Emma si alzò in piedi stiracchiandosi e tese una mano all'amica, per aiutarla a sollevarsi. Gli altri le imitarono e piano piano raccolsero gli zaini per rientrare.

Mentre camminavano sul sentiero misero a punto gli ultimi dettagli e si diedero appuntamento alla villa per il mercoledì successivo. Ari fece il punto: «Quando ci vedremo ognuno di noi riferirà su quello che ha fatto. Prioritario però è il materiale da mettere sul sito pirata. Abbiamo già una copia del testamento, e sarebbe utile avere anche una copia dei progetti che Jakob ha visto nello studio di suo padre».

Jakob sembrava dubbioso: «Se però me li procuro mio padre capirà subito che sono stato io. Non so se posso permettermelo. Io e mio padre non siamo proprio la coppia più affiatata del mondo».

«E se glielo chiedi esplicitamente?» Propose Ez.

«Non è una buona idea».

«Possiamo dire che ce li ha fatti avere una talpa dello studio di tuo padre».

«No, non voglio mettere nei guai nessuno dei suoi collaboratori. Già li sfrutta... Troverò una soluzione».

E tacque sprofondando nel silenzio.

Ez si avvicinò a Emma, e le disse a bassa voce: «Come vedi i problemi in famiglia sono piuttosto diffusi. Non siete gli unici, tu e Ari».

«?»

«Vedi» Ez adorava mostrare di essere sempre al corrente di tutto «Jakob non ha la mamma. E lui e suo padre non si parlano molto: pare che il suo vecchio non si sia mai ripreso da questa morte e non riesca a essere il genitore presente che servirebbe a Jakob. Il nostro amico ne parla poco, ma ne soffre moltissimo. Non vedi come è posato e filosofico? È maturato troppo in fretta».

Nonostante il dispiacere per Jakob a Emma scappò da ridere. «Ma sei anche psicologo, Ez?»

«Il migliore, per servirla. E credimi, questa te la dico gratis anche se dovrei farmi pagare la consulenza: tu sopravvaluti il tuo, di problema familiare. La tua mamma un po' freddina è nulla al confronto... E poi tuo padre è magico».

«Sono d'accordo. E il tuo?»

«Il mio è un uomo meraviglioso» Rispose Ez «ma è un po' matto. È un entomologo, e purtroppo è anche un survivalista».

«Cioè?»

«Uno che crede che la razza umana sia condannata all'estinzione, ma in tempi molto rapidi, e si prepara all'evento. Si è costruito un bunker con tutti i generi di prima necessità, e sta progettando un modo per avere ossigeno dall'esterno senza ingerire gas venefici. E ci passa molto tempo, cioè quello che non passa a studiare i coleotteri».

«E tua madre?»

«Mah, lo lascia fare. Purché le lasci un posto nel bunker, in caso abbia ragione lui».

Emma rise «La prendi con molta leggerezza».

«E cosa dovei fare? È un padre amoroso, e mi basta. Non possiamo cambiare i nostri genitori. Dobbiamo imparare ad amarli così come sono, perché loro fanno lo stesso con noi».

«Sei una bella persona, sai?»

«Lo so. Ma come dice Laia, sono un nerd. E orgoglioso di esserlo, credimi. Forse il presente è degli atleti machos, ma il futuro è sempre dei secchioni».

Mentre i ragazzi ritornavano alla routine scolastica, la nonna di Emma scendeva in campo per la sua guerra privata. Aveva passato la domenica con alcuni vecchi amici, per non pensare, ma arrivato il lunedì non poté evitare di affrontare il sindaco.

Era poco preoccupata per il proprio futuro perché aveva maturato da mesi l'intenzione di andare in pensione, pur non avendone fatto parola con nessuno. A farla imbestialire e addolorare allo stesso tempo era l'idea che potesse finire un'idea di città e di cultura a cui aveva dedicato la propria vita insieme ad altri. La città amica delle arti, come Walden era stata chiamata per decenni, sembrava destinata a scomparire, se le loro ipotesi erano corrette. Per fortuna faceva tai chi e yoga, altrimenti la rabbia se la sarebbe mangiata.

E per parlare con il sindaco doveva essere lucidissima.

Si recò in municipio a piedi e di buon passo. Aveva scelto la *mise* da indossare con estrema cura. Rosso su rosso, a segnalare che era in guerra.

Una volta entrata nella stanza della segretaria particolare del sindaco la affrontò con la faccia truce:

«Allora, Marion? Lui c'è? Se è impegnato digli che si disimpegni. Tanto entro lo stesso».

«Oh, cara Leda. Che piacere... Ma certo che te lo chiamo. È da tanto tempo che non passi a trovarlo».

Si mise al telefono e annunciò la visita. «Vai pure, ti aspetta...», ma Leda stava già entrando.

Il sindaco stava ancora riponendo la cornetta quando la vide: «Cavolo, Leda che spinta...»

«Buongiorno Xavier. Cancella tutti gli impegni che hai per la prossima ora. Noi dobbiamo parlare. E sai anche di cosa».

Lui sospirò. Fingere non serviva a nulla. «Ti chiederai perché ti ho taciuto tutto».

«No, il perché è ovvio: sei un vigliacco. E sappi che so tutto, dei progetti di Trumpet, della sua zampaccia in quella fondazione, della vendita dell'archivio, e del fatto che villa Havisham è il solo luogo a Walden in cui sono consentite speculazioni edilizie. Quindi so il cosa, il come e il perché. Ciò che non capisco è perché non ti fai schifo guardandoti allo specchio».

«Ehi, guarda che è anche colpa tua. Se tu avessi accettato di sposarmi, alla fine del mio mandato mi sarei ritirato e mi sarei goduto la vita con te. Avevo fatto progetti: viaggi, passeggiate... e tu in un secondo hai infranto tutto. Ti amavo».

«Ma taci. Non ti ho mai fatto nessuna promessa; anzi ti avevo avvertito che saresti stata pazza a legarmi dopo una vita di libertà. Tu hai voluto ascoltare solo il tuo ego... *non è possibile che mi dica di no, non parlerà sul serio.* E tutte quelle cose tipiche dei maschi narcisisti. Il che prova che ho fatto bene a prendere le distanze».

«Dovresti smetterla di pensare che tutto deve funzionare come dici tu, Leda».

Xavier Maldonado stava cominciando a sudare dentro il completo elegante. Era un bel signore di 65 anni, giovanile, con i capelli argentei e un sorriso smagliante che doveva probabilmente ad un bravo dentista: ma in quel momento la sua criniera ben curata stava trasformandosi in un nido di rondini, stropicciato dalla tensione per il faccia a faccia».

«Ma che cavolo. Tu rappresenti la comunità. Non puoi fare delle scelte per ripiccca verso di me».

«Non è ripicca. Sto cogliendo un'opportunità. Non mi vuoi? Ok , mi consolo con la politica. Fra sei mesi voglio candidarmi per il Governatorato Generale, e ho trovato chi può finanziare la campagna elettorale».

«Chi sarà mai? Fammi indovinare... Trumpet, forse?»

«Non fare del sarcasmo. Lo sai benissimo che è lui. E dentro di te sai anche che arte e cultura ormai in campagna elettorale funzionano meno delle grandi opere. Ricchezza e lavoro, questo vuole la gente. E non libri, film, concerti, festival letterari... La moneta deve girare».

«Politica è fare ciò che è giusto, non ciò che è opportuno per te».

Maldonado la guardò affranto: «A te non interessa, ma io ti amo ancora. E non vorrei mai farti del male».

«Non metterla sul piano personale, Xavier. È disonesto e scorretto... sei il sindaco, accidenti»

«Ma tu sei entrata sapendo che ti avrei ricevuta perché c'è un legame fra di noi. Quindi non sono il solo che ne approfitta».

«No, io sono in guerra. E quindi tutto è lecito».

«Va bene, allora ti propongo una tregua e un accordo. Se riesci a portare dalla tua l'opinione pubblica, come immagino tu abbia intenzione di fare, e ci riesci, mi rimangio l'operazione. Perché a quel punto sarà vantaggioso anche per la mia immagine».

«Questo è l'accordo, ma la tregua?»

«Non farò obiezioni quando l'esecutore testamentario di Lord Edward chiederà tempo per rintracciare gli eredi. Gli concederò tre mesi, e tu potrai usare quei novanta giorni per combattere la tua battaglia».

«Sei un falso. Sai meglio di me che qualunque tribunale ti costringerebbe a rispettarle, quelle clausole».

E detto questo uscì in tromba senza salutare nessuno.

Appena in strada telefonò alla nipote per darle appuntamento di lì a poco nel suo ufficio.

Emma, che era appena uscita da scuola, non si fermò a pranzare con gli amici e corse dalla nonna, desiderosa di raccontare la fruttuosa domenica e ansiosa di sapere come fosse andato l'incontro in municipio. Zompò sulla bici e promise a Laia che l'avrebbe aggiornata. Avrebbe voluto che la nonna incontrasse anche i suoi amici, ma per quello ci sarebbe stato tempo.

Appena rientrata nel suo ufficio Leda accese il bollitore elettrico e si accinse a preparare il tè. Aveva bisogno della sua bevanda calda, e poi quei gesti le servivano per rilassarsi. Non aveva neppure pranzato, così imburrò leggermente un paio di fette di pane, estrasse una confezione di salmone affumicato dal minifrigo e si preparò un paio di tartine. Guardò il piatto che aveva preparato e improvvisamente sentì la mancanza di un buon bicchiere di vino. Mai le era capitato prima delle sette di sera, e anche in quei rari casi si limitava ad un bicchiere. "Sono proprio in collera, evidentemente. Non mi fa bene."

Stava cominciando a sorseggiare il tè e a mangiare le sue tartine quando entro la nipote. «Shhhh, dammi un paio di minuti. Fatti anche tu un tè e non dirmi nulla per un po'».

«Ok». Emma si sedette ad aspettare sorseggiando la bevanda e pensando fra sé e sé che non avrebbe mai capito la passione della nonna per quella brodaglia.

Quando Leda le fece finalmente un cenno cominciò a raccontare della giornata passata con gli amici, delle idee che avevano maturato, della campagna di controinformazione, della ricerca degli eredi. E gongolò quando vide la nonna annuire soddisfatta.

«E tu, con il sindaco?»

«Naturalmente non recede, ma almeno non è stato così ipocrita da negare tutto. E ha anche ammesso di avere un interesse personale nella faccenda. Ma mi ha detto che è disposto a fare marcia indietro se l'opinione pubblica sarà contro di lui. Quindi tu e i tuoi amici dovete riuscire a creare scompiglio, con l'aiuto mio, di tuo padre, e spero di tua madre».

«Insomma, campagna di controinformazione, happening e flash mob *à gogo*?»

«Sì, ma con cautela, perché siete ragazzi e non dovete rischiare. Di ogni cosa discuteremo insieme. A questo proposito è opportuno che l'informatore di Pernille ti procuri la documentazione del municipio sull'edificabilità del terreno; il sindaco farà di tutto per non darvela».

«Sì, ci avevo pensato. Ma c'è una cosa che ti volevo chiedere sul testamento. Se ti ricordi, si parla di eredi ma anche di eventuali figli di Adele Filò... Ti risulta che Adele abbia mai avuto figli?»

«Mi ricordo il passo del testamento, ma ho sempre pensato che fosse soltanto la speranza di lord Havisham a fargli scrivere questo... Sai, com'è, la speranza che Adele fosse viva, da qualche parte, sposata e con figli e che improvvisamente tornasse a casa. Non mi risulta che avesse figli, anche se quando scomparve qualcuno malignò su un amante con cui era fuggita. Ma io non ho mai dato retta ai pettegolezzi».

«Sarà, nonna, ma secondo me varrebbe la pena di capire se lord Havisham aveva altro in mente».

«Tu pensi che sapesse dov'era Adele?»

«Pensaci. Se sperava nel suo ritorno perché non ha detto che lasciava l'eredità "ad Adele o ai suoi figli"? Adele non è citata nel testamento, come se lui sapesse che non sarebbe più tornata».

«Non ci avevo mai pensato. A me interessava la scrittrice, e quella ho studiato. Non avevo nessuna voglia di diventarne la biografa, e ho sempre liquidato le chiacchiere come appunto... chiacchiere. Sono snob, forse. Ma non ho mai letto quel testamento pensando alle possibili implicazioni. Ora è diverso, ovviamente».

«Che sei snob è sicuro. Ma c'era un'altra cosa che mi ronzava in testa. Perché lasciare una eredità ad un orfanatrofio?»

«Bé, questo è comprensibile, Adele era figlia illegittima del vecchio lord Havisham, e la madre l'aveva messa in orfanatrofio, non volendola. Lei ha passato quasi dodici anni della propria vita a Cider House. La scelta del fratello è un omaggio ad Adele...»

«Perché non ne ho mai sentito parlare? È qui a Walden?»

«Non puoi averne sentito parlare perché cambiò nome e destinazione molto prima che tu nascessi. Diventò una clinica ostetrica quando io ero bambina. La conosco bene. Sai che la tua bisnonna era ostetrica, no? Bé, lei lavorava lì, sia quando era orfanatrofio sia dopo, quando divenne una clinica».

«E tua madre conobbe Adele, vero? Me lo ricordo, questo».

«Sì, certo. Mia madre la conobbe da ragazza. Ma allora Walden era piccola, ed era facile conoscersi. E se la tua domanda riguarda i segreti di Adele, Bé, mia madre non mi ha mai raccontato nulla in merito».

«Bé, senza togliere tempo al resto, nonna, io una piccola indagine la farei. È un appiglio anche questo».

«Va bene. Ma adesso ascoltami. Bisogna che mettiamo al corrente i tuoi di ogni cosa, e soprattutto bisogna che Pernille, senza dare troppo nell'occhio, ci aiuti a far scoppiare il caso sul giornale».

«Ok, riunione di famiglia?»

«Sì, ma da Pierre, questa volta. Abbiamo bisogno di mettere tuo padre in campo neutro. Così eviterà di fare il ragazzino davanti alla sua ex moglie».

«Non è facile per lui».

«Neanche per Pernille».

«Nonna, è lei che se ne è andata».

«Emma, è arrivato il momento che io ti dica un paio di cosette. Versami altro tè».

La nipote obbedì e poi si mise in religioso ascolto.

«Sono stata io a convincere tua madre ad andarsene».

«Come?»

«Tua madre e tuo padre si fidanzarono giovanissimi, e... insomma, tu nascesti in anticipo sui loro programmi. Purtroppo Ethan aveva avuto un rapido successo con i fumetti e la sua vita cambiò nel giro di poco, diventando vorticosa e piena di impegni. Pernille stava da poco cominciando a fare pratica di giornalismo, e si trovò ad essere un po' la ruota di scorta, oltretutto con una bambina piccola a cui pensare. Il suo compagno era sempre in viaggio e lei aveva sempre meno tempo per dedicarsi alla carriera. Io l'aiutavo come potevo, ma si vedeva che stava vivendo quella situazione con grande fatica. Così accaddero due cose: la prima, ahimè, fu che il rancore prese il posto dell'affetto e cominciò a creare fra loro un baratro; la seconda fu che Pernille, caparbia com'era, si mise a scrivere il suo libro, la notte, per non rubare tempo al suo lavoro e al suo ruolo di madre. Quando il successo arrivò e lei ricevette la proposta da Charming City io le dissi di andare. Non avevo dubbi sul fatto che sarebbe stata comunque una madre splendida, anche da genitore single, e sapevo che tuo padre sarebbe stato sempre presente per te. Ma lei era quella che aveva sacrificato di più, ed era giusto che seguisse la propria strada. Tanto più che la coppia ormai era arrivata al capolinea, cosa che avevo capito prima io di loro. Non credere che non mi pesasse vedere di meno la mia nipotina. Ma un genitore infelice è un pessimo genitore; e anche se tua madre è un po' difficile da trattare, Bé, è una madre coi fiocchi. Io ho stima di lei, e non ho mai smesso di volerle bene».

«Cavolo, nonna. Questo sì che è un retroscena. Mio padre cosa sa di tutto ciò?

«Ogni cosa, naturalmente, non ci sono segreti. Non ha mai accettato fino in fondo la scelta di Pernille, ma questo è ovvio. Ho cercato di crescere un figlio di mente aperta, ma è pur sempre un uomo. E l'orgoglio ferito è una malattia tipicamente maschile. Ti dirò di più, adesso che è un uomo maturo, penso che sia pronto per incontrare un'altra Pernille. Questa volta la saprebbe gestire».

«Non penserai che possano tornare insieme...».

«Dio mio, no. E neppure lo voglio. Ho detto un'altra Pernille, non l'originale. Anche perché l'originale è inimitabile».

4. Famiglie, silenzi e scioglimenti

Mentre nonna e nipote erano intente a rivangare i ricordi di Adele e i propri fantasmi familiari, una dei nostri *colporteurs* stava partendo per la sua pericolosa missione.

Daisy, la gemella dominante, stava infatti preparandosi per andare a trovare la zia Petunia, zitella novantenne, nota in famiglia per essere spaventosamente arzilla e cattiva.

Il primo ostacolo da superare per portare a termine l'impresa, era la madre, una madama onnipresente, impicciona e maniaca del controllo. Figlia della Walden che contava, quella che poteva annoverare fra gli antenati alcuni fondatori della città, Nanette Von Biedermaier era stata educata fra trine, merletti e un'atavica arroganza spacciata per stile. Come un personaggio di Jane Austen credeva nel decoro, nella reputazione, nei matrimoni oculati, e nei contatti giusti.

Il suo, di matrimonio, lo aveva azzeccato, perché si era impossessata di un rampollo della sua stessa specie, troppo timido per sottrarsi. il marito, rassegnato alla propria sorte, dopo diciott'anni ne aveva ancora un sacro terrore, e la chiamava di nascosto "la marescialla", con la complicità delle figlie.

E anche stavolta la marescialla non si smentì: «Desirèe, stai uscendo? Dove vai cara, così quatta quatta come una ladra?»

Beccata! «Scusa, mamma. Sto solo andando a far visita alla zia Petunia... Dobbiamo fare una ricerca sulla nostra famiglia e ho pensato che la zia fosse la persona più adatta a rispondermi».

«E ci vai vestita così... Jeans e maglietta? Ho una reputazione in famiglia, cara. Almeno un look college, gonna a pieghe e camicetta, con un paio di mocassini. E magari dei calzini corti e bianchi. Sai che zia Petunia è anglofila e vi vorrebbe sempre vestite come allieve di Eton».

«Ne dubito, mamma. Eton è una scuola maschile».

«Ohhh, non farmi la saccente. Ci siamo capite... Su, vai a cambiarti che anticipo io per telefono il tuo arrivo alla zia».

«Non trattarmi come se fossi Heidi!»

«Per una volta potresti somigliarle... Su, vai a cambiarti».

Dio, perché deve essere tutto così difficile, pensò Daisy. Si cambiò e, dopo aver avuto l'approvazione della madre, riuscì a sgusciare fuori. Giusto in tempo per risparmiarsi l'espressione compiaciuta di Nanette.

Giunta a destinazione del villone padronale della zia (un isolato a piedi, 5 minuti) Daisy si trovò al cospetto del secondo ostacolo da superare: la dama di compagnia. Madame Clorette, questo il nome dell'augusta signora, odiava il genere umano, nessuno escluso, eccetto la sua padrona, di cui era gelosissima. Per cui, più ancora dell'intero genere umano, odiava i parenti di zia Petunia.

Dal canto loro, genere umano e parenti non potevano che ricambiare, perché la creatura era sempre intenzionata a ferire chiunque con le sue osservazioni pugnaci. E ci riusciva.

«Sì, sua madre ha telefonato che sarebbe arrivata. È un po' che non si fa vedere... sbaglio o ha messo su qualche chilo?»

«Grazie, madame Clorette. È un piacere vederla...»

«Desolata di non poter dire lo stesso. Non è certo venuta in una buona giornata. Madamoiselle Petunia ha un tremendo dolore al capo».

«Clorette! Chi c'è? È arrivata Daisy?». Un urlo a piena gola venne dalla biblioteca.

«Ecco. Lo sapevo. È contenta, adesso? Le ha fatto saltare il riposino». Clorette guardava Daisy con occhi di brace che parevano enormi, in quel volto magro e scavato.

Brutta vecchiaccia, avrebbe voluto dire Daisy. Ma rispose con voce contrita: «Sono spiacente».

«Insomma, Clorette, datti una mossa... falla entrare».

«Vada pure... Visto che madamoiselle insiste...»

Daisy entrò nella stanza, un salotto biblioteca con una enorme poltrona. Sulla poltrona troneggiava la zia, arzillissima, magra come un chiodo, con occhi vivacissimi e una faccia da simpatico sparviero.

«Buongiorno, zia. So che per te non è una buona giornata. Mi dispiace...»

«Macché, macché... ancora non hai imparato a conoscere Clorette? È bugiarda come Pinocchio».

Il vocione prorompente obbligava quasi a tenersi a distanza.

«Scusami se non mi alzo», proseguì «ma le gambe a volte mi fanno soffrire; ieri ho passato la giornata a fare giardinaggio e ho un pochino esagerato. Allora? Come sta tua madre? Ha deciso di fare qualcosa della sua vita? Bah, è la meno dotata e la più fatua delle mie nipoti, ma si sa, i familiari non si possono scegliere. Clorette! Tè e pasticcini... Quelli che il dottore mi ha proibito, soprattutto»

Clorette arrivò immediatamente con dolcetti e perfidia: «Già pronti, benché la signorina Desiree, a mio modesto avviso , dovrebbe farne a meno... è un consiglio, il mio»

«Chiamala Daisy, povera ragazza. Sua madre le ha rifilato un nome improponibile... Dio mio, ragazza! È stata lei a farti vestire come una specie di Lolita, vero? Ma non eri quella sveglia, delle due?»

Daisy, benchè fosse abbastanza abituata alla brutalità della zia, stava diventando di tutti i colori, e buttò la testa nella tazza del tè per superare il disagio.

«Allora, tua madre mi ha parlato di una ricerca...»

Daisy alzò la facci dalla tazza, guardò la zia e improvvisamente realizzò che forse la vecchia signora era l'unica adulta meritevole di attenzione della sua famiglia: «No, zia. È una balla per mia madre. La verità è che ho bisogno di sapere delle cose su Adele Filò, e so che tu qualcosina la sai»

«Anche più di qualcosina...», e cominciò ridere con il vocione ben spiegato. «Ma come mai ti interessa, se non sono indiscreta?»

Mi fido, decise Daisy. E le raccontò tutto, ma proprio tutto. E mentre raccontava capì di aver fatto la scelta giusta, perché la vecchia zia durante il resoconto, sembrava essere ringiovanita di almeno vent'anni.

«Grandioso. Bravi, state facendo la cosa giusta...ma c'è anche quella morta in piedi di tua sorella, in questa cosa?»

«Certo». Ed è anche più determinata di me, pensò Daisy fra sé e sè; anzi, io ho proprio fatto la figura della vigliacca.

«Bé, ecco cosa so. Io sono stata amica di Adele, molto. Era simpatica, dolce e bella. Bé, le foto le avrai viste. E piaceva molto ai ragazzi, con quegli occhioni blu. Era una scrittrice fantastica, come sai, ma se avesse voluto diventare una pittrice, avrebbe avuto successo anche in quel campo. Dipingeva benissimo. E, quanto a quello che vi interessa, credo proprio che si sia innamorata una volta sola, nella sua vita, di un pittore che era venuto a Walden a tenere dei corsi di disegno dal vero. Lei scriveva già, e aveva pubblicato il primo romanzo. Ma questo capitò più di dieci anni prima che scomparisse, quindi forse non c'entra con quello che vuoi sapere tu».

«E dopo?»

«Dopo, per tanto tempo... nulla di nulla. Anzi, chi la conosceva la prendeva in giro perché sembrava rimasta fedele alla memoria di quell'uomo».

«Perché, lui che fine fece?»

«Se ne andò. Era di Charming City, e nessuno seppe cosa era successo. Non si è mai capito chi dei due avesse lasciato l'altro... sempre che ci sia stato davvero qualcosa. Ma vedi, lei era molto riservata, e sentiva il peso della famiglia in cui era finita: troppo in vista in una città molto pettegola. In più era condannata a comportarsi bene per far dimenticare di essere una figlia illegittima».

«E della scomparsa cosa sai?»

«Posso solo dirti cosa sospettai. Ora sono una vecchia pettegola, perché mi annoio, ma allora ero una persona molto più riservata. E non lo dissi a nessuno: secondo me Adele era incinta, quando andò in Europa. E allora mi convinsi che non era andata in Europa per vedere musei, come aveva detto, ma per nascondere la propria gravidanza».

«Cosa te lo faceva pensare?»

«Bé, c'erano i segnali tipici: la rinuncia al caffè, le nausee improvvise, che lei nascondeva a fatica, e poi quello sguardo, quegli occhi lucidi...»

«Ma se non aveva nessuno?»

«Negli ultimi tempi qualcosa era cambiato. Prima della scomparsa era diventata ancora più reticente sulla sua vita privata. Insomma, era evidente che voleva tenere le amiche fuori da qualcosa».

«E secondo te Lord Edward sapeva della gravidanza?»

«No, perché Edward era un uomo meraviglioso. E se lo avesse saputo avrebbe detto ad Adele di fregarsene, e di ignorare le convenzioni. Lui era fatto così. Avrebbe fatto lo zio con gioia, anche di un bimbo senza padre. Era Adele a preoccuparsi di queste cose, non lui».

«Ah». Daisy era un po' delusa. «Quindi non alludeva alla gravidanza, quando nel testamento nominò gli eredi di Adele».

«Mia cara, non lo sapeva prima che Adele scomparisse. Non possiamo sapere cosa scoprì in seguito. Non dimenticare che lui la cercò per mare e per terra. Tutti allora pensarono che non l'avesse trovata, ma lui non disse mai nulla sui risultati delle proprie ricerche. E fra la scomparsa di lei e la morte di lui ci sono dieci lunghi anni».

«Tu dove pensi che sia finita?»

«Non lo so, francamente. Mi piace pensare che sia viva e felice in qualche parte del mondo. Ma non avrebbe mai rinunciato a scrivere, qualunque fosse stata la sua scelta di vita. E questo mi dà da pensare».

«Fosti la sola ad avere quel dubbio sulla gravidanza? Sentisti mai altri parlarne?»

«Si dissero tante cose... Nessuna che valga la pena riportare. Ma adesso assaggia i miei biscottini alle mandorle. Li compera Clorette per me al negozio di Maggie».

«Non dovrei...»

«Non sei ancora grassa come tua madre, c'è qualche speranza per te». Poi con un sorriso furbetto continuò: «Io sarò muta come una tomba sul vostro progetto. E se la memoria mi assiste, vedrai che mi verrà in mente qualcos'altro. C'è sempre un particolare che può tornare utile. Tu però promettimi che mi verrai a trovare e mi terrai al corrente»

«Contaci»

«Bene». La guardò con simpatia, e le chiese con una specie di burbera dolcezza: «Adesso parlami di te. Hai deciso di seguire l'esempio di Nanette o pensi di dare un qualche senso alla tua vita?»

Daisy cominciò a raccontare cose di sé che alla madre non osava neppure accennare, prima timidamente e poi con sempre più slancio. Parlò della sua passione per il teatro, della scuola e anche di ragazzi. Trovò un'interlocutrice, attenta, divertente e anche un po' sboccata.

Quando si congedò si trovò a pensare che in fondo le famiglie ogni tanto riservano piacevoli sorprese.

Anche Jakob stava per lanciarsi nella propria missione. Il rientro a casa, dopo la scuola, era il momento peggiore della giornata, perché la casa vuota e impersonale gli rammentava come lui e il padre fossero da tempo due estranei. Lo spazioso appartamento che il padre aveva progettato e arredato non gli era mai piaciuto;

era l'abitazione di chi in casa non ci stava mai. Grandi spazi, pochissime porte, bianco e nero come colori dominanti, e una cucina nuovissima, ma poco usata: il padre mangiava spesso fuori, e lui o al bar della scuola o nella propria stanza, davanti al computer.

Il suo covo, in cui il padre non entrava mai, era un ambiente illuminato da una finestra quasi a tutta parete, sufficientemente grande da ospitare un grande pianoforte a mezza coda, suo grande amore insieme al cinema; i libri di cinema e i dvd riempivano una parete, altri libri e spartiti ne riempivano un'altra, e la terza era occupata da una scrivania con un enorme schermo, utile anche per montare i video. I soffitti alti permettevano di sviluppare lo spazio anche in verticale; questo gli aveva permesso di costruire un soppalco per il letto, a cui si accedeva da una scaletta a lato di una parete.

Di solito, sentendosi un estraneo in casa propria, ci si rifugiava in fretta appena rientrato. Ma quel giorno era intenzionato a violare lo studio del padre per fotografare di nascosto i progetti di Villa Havisham.

Entrò, e invece di fotografare si mise a osservare ogni particolare, i libri, i soprammobili, le antiche stampe che l'architetto aveva cercato e incorniciato ad una parete. Alcune erano bellissime, planisferi cinquecenteschi, mescolati a mappe dell'Europa del primo settecento di Alexis Hubert Jaillot, l'incisore preferito dal padre.

Perché le passioni di quest'uomo non mi sono state trasmesse, mentre mia madre, che ho perso così presto, mi ha trasmesso l'amore per il pianoforte? Si chiedeva. Ma più osservava più si rendeva conto che probabilmente il padre, come lui, si sentiva sicuro soprattutto nel proprio bunker, circondato da ciò che amava, e che il resto della casa non rispecchiava la personalità di nessuno dei due. Era assurdo e triste, due persone sole che si serravano ognuna nel proprio rifugio e che si incontravano quasi per caso.

Cercò quei malefici progetti e cominciò a guardarli con attenzione. Che la villa sarebbe stata trasformata in un supercondominio era evidente: la zona garage, nelle planimetrie, era enorme; gli appartamenti più costosi erano strutturati su più livelli e soppalcati, con accesso separato rispetto alle abitazioni "ordinarie". La vecchia casetta del guardiano, che ora veniva usata per le prove dei musicisti era stata riprogettata per contenere una vera gendarmeria di security privata e un centralino. Il parco era stato trasformato in un enorme campo da golf con rimessa per le auto elettriche e in un piccolo tennis club. Il laghetto, che con il suo biotopo era l'orgoglio di Walden, era scomparso.

Decise di non fotografare nulla. Avrebbe messo il padre al corrente di tutto, chiarendogli anche il ruolo che il suo studio stava per avere nella speculazione orrenda di Trumpet. Gli voleva dare l'opportunità di fare la cosa giusta e allo stesso tempo voleva lanciargli un amo per ricreare un contatto fra loro.

Così tornò nella propria camera e si attardò a fare altro fino a che, a metà pomeriggio, non sentì la porta aprirsi.

L'architetto Kovacs entrò, si tolse la giacca, l'appese e sussultò. Il figlio era dietro di lui.

«Papà, ti devo parlare...»

«Cosa è successo? Devo preoccuparmi?»

«No, ma ho bisogno di un po' del tuo tempo».

Milo Kovacs sapeva riconoscere una preghiera, e quella lo era.

Jakob si sedette sulla poltrona del loro immenso salotto e cominciò.

«Tanto per cominciare mi devo scusare con te perché involontariamente ho visto uno dei tuoi progetti».

«Bé, non sei un mio concorrente, quindi non mi sembra un problema».

«E invece lo è, perché il tuo progetto per villa Havisham grida vendetta. Non puoi prestarti a questa operazione. Tu sei un uomo di cultura e principi».

Il padre lo guardò sinceramente stupito. «Ma tu cosa centri con questo progetto?»

«Si vede che tu non conosci Villa Havisham, e non sai cosa c'è dentro. Probabilmente sei il solo in questa città».

«Sai bene che da quando ci siamo trasferiti qui non ho mai avuto molto tempo per conoscerla, la città. E la sola cosa che so della villa è che si tratta di un edificio che il Comune di Walden sta vendendo a un certo Trumpet. Sono stupito che gli lascino costruire nel centro città un luogo come quello che abbiamo progettato, ma se ci ha chiesto di lavorarci avrà già richiesto permessi che servono»

«E già questo non è scandaloso? Un luogo simile nel cuore di una città come Walden? Una città che fa dell'integrità del proprio centro storico la sua forza?»

«Figlio mio, se il Comune gli ha concesso il permesso forse questa integrità comincia a vacillare. E poi, meglio noi, che siamo abbastanza rispettosi, di altri che non lo sono»

«Non sono d'accordo. E non puoi non renderti conto dell'enormità a cui vi state prestando. Lascia che ti racconti il resto, per favore. Poi deciderai»

Jakob cominciò a parlare. Parlava, parlava, dilungandosi non solo sui fatti ma anche sui dettagli della vicenda Trumpet: si soffermò con tono accorato sul ruolo che quel luogo aveva per i ragazzi. E mise il padre apertamente al corrente della loro opera di controinformazione. E più parlava più lo sguardo del padre si faceva stanco. Kovac era un bell'uomo bruno, molto magro, con una barba curatissima, gli stessi occhi azzurri del figlio; ma due occhiaie profonde gli appannavano lo sguardo. Ed ora erano ancora più profonde del solito.

«Vorresti ti dessi il permesso di fare delle foto a quei progetti per pubblicarli sul vostro sito? Giusto?»

«Sì. Ma vorrei anche che tu non fossi coinvolto in questa cosa. È questo, che voglio soprattutto»

«È la prima volta da tanti anni che mi dici chiaramente che vuoi qualcosa da me»

«Bé, non dai l'impressione di ascoltarmi veramente da molto tempo»

«Ascolta, io ho dei soci, e non sempre posso fare ciò che desidero. A volte bisogna accettare il mondo come viene»

«Non credo, papà. Se non puoi salvaguardare te stesso e il tuo rigore, allora non c'è nulla che importi. Tanto vale rapinare banche»

«Dio mio, ma quando sei diventato un moralista così rigoroso?»

«Da un po', ma tu e io è un po' che non si parla»

«Già. E Mi dispiace che tu non sia così per merito mio. Hai fatto tutto da solo»

«Non è vero. Io so com'eri, ma tu sembri essertelo dimenticato. Papà, tu hai vinto il premio Pritzker per la tua architettura umanista, ti ricordi? Il rapporto tra edificio, essere umano e paesaggio... era il tuo punto di forza. Io di questo ero orgoglioso»

«Non ho più quelle energie. Da quando tu madre non c'è più lavoro per non pensare, non per creare. Sono dieci anni e mi sembra ieri. Per questo ho chiuso lo studio precedente e mi sono messo a lavorare con dei soci. Vedi, prima ogni mia idea diventava vera solo quando ne parlavo con lei».

«Parlane con me, allora. Non chiedo altro», lo implorò il figlio.

Milo si accasciò sulla poltrona e cominciò a piangere come un bambino. Jakob si trovò ad accarezzare la testa del padre, come se i ruoli si fossero invertiti.

«Fai tutte le foto che ti servono. Al diavolo il progetto. Ma devi avere pazienza con me. Un passo alla volta. Devo reimparare anche ad ascoltare, ad interessarmi agli altri. E tutta questa tua faccenda potrebbe essere un buon esercizio. Ma con calma»

«Ok, papà. Avrò pazienza. Ma tu non scappare di nuovo, per favore»

«Ci proverò». E strinse con forza la mano del figlio.

Jakob era felice e speranzoso come un bimbo. Le ferite restavano, ma curarsi in due era più facile.

Mentre Ethan affrontava il padre, Emma, in un appartamento ugualmente impersonale ed elegante, stava per ritrovarsi con la madre dopo una settimana passata con Ethan.

Per creare un clima rilassato voleva farle trovare la cena pronta, e si affannò fra i fornelli fino all'arrivo di una esausta Pernille.

«Wow. A cosa devo tutto questo?»

Ad attenderla la madre aveva trovato non solo la cena pronta, ma anche la tavola apparecchiata con gusto.

«Al fatto che forse ti devo delle scuse, mamma. Ah, ho aperto anche una bottiglia di vino rosso. Se mi permetti ne berrei un bicchiere anch'io»

«E cosa hai cucinato? Ammetto che in questo tuo padre è stato un maestro decisamente migliore di me»

«Una cosa leggera. Avocado e gamberetti, e poi Caesar Salad. Inoltre sono stata da Maggie e ho comperato del pane con le noci»

«Mi rinfresco un po' e arrivo»

Emma aspettò. Pernille la raggiunse dopo la doccia con un bellissimo abito comfort celeste. Tipico suo, anche in casa aveva stile. Devo studiare come fa, pensò Emma.

«Allora, perché mi devi delle scuse?»

«Perché non avrei mai immaginato di trovarti a casa di nonna, l'altra sera. E perché so che ti è costato molto ammettere di aver sbagliato i tuoi calcoli».

«Chiariamo subito un punto, Emma, io voglio comunque uscirne bene, ok? Non aspettarti un'abiura da parte mia o un dichiarazione pubblica che Trumpet è un delinquente o altro. Ci tengo a tirarne comunque fuori qualche cosa di buono per me stessa. Devo salvaguardarmi».

«Ehi, l'ho capito. Il tuo lavoro è importante e lo rispetto. Ma insomma, hai fatto una scelta che un po' ti costa...»

«Ma non sono una buona samaritana, chiaro?» Disse puntandole in faccia la forchetta. «Buone queste cose. Certo, un po' caloriche...»

«Sì, tranquilla. Sei cattivissima...e ho deciso che mi vai bene così». .

Pernille era a un po' disagio con l'esibizione dei sentimenti. Emma lo sapeva. Non dobbiamo cercare di cambiare i nostri genitori, le aveva detto Ez; così cambiò argomento per portarla su un terreno a lei più congeniale.

«Senti, mamma. A che punto sei con l'intervista al Presidente della Fondazione? Bisogna cominciare a far trapelare le notizie. Visto che anche Trumpet ti ha chiesto di smuovere le acque conviene approfittarne».

«L'ho intervistato oggi pomeriggio e entro domani dovei avere finito la sbobinatura e la stesura».

«Come è andata?»

«Bé, ho fatto in modo che si capisse da dove arrivano i soldi e soprattutto ho citato il testamento, per far capire che la vendita dell'archivio avrà conseguenze sulla villa. Trumpet non ha certo intenzione di mantenere il segreto, è troppo convinto di essere invincibile, per avere di questi problemi.»

«Ce la faresti a procurarti anche la documentazione del Comune, quella in cui si capisce che villa Havisham è terreno edificabile? A noi gli uffici comunali non la daranno, tanto più che adesso il sindaco sa che noi sappiamo. La nonna è andata a parlarci».

«Mmm, avrei voluto essere nascosta nella tasca di tua nonna per origliare. E come è andata?»

«A quanto pare ha ammesso tutto, ma non ha intenzione di bloccare la macchina organizzativa. La nonna proponeva di vederci da Pierre domani sera per fare il punto».

«Va bene. Non vedo Pierre da dieci anni. Spero che non mi cacci dal locale, visto che è sempre stato amicissimo di tuo padre».

«Ma quando mai hai avuto di questi problemi?»

«Bé, siamo a Walden, che non è esattamente il mio territorio. Ad ogni modo ci sarò».

Il resto della serata fu piacevole; Pernille mangiò di gusto, e Emma si trovò a raccontare alla madre molte cose sui suoi nuovi amici. Non lo faceva più da molto tempo.

Pernille sembrava desiderare questo momento da un bel po'. Rideva, chiedeva dettagli sull'uno o sull'altro ragazzo, e voleva notizie sulle amiche della figlia.

«A proposito, mamma, ma cosa hai fatto alla mamma delle gemelle? Perché ti detesta tanto?»

Pernille cominciò a ridere: «Bé, diciamo che Nanette è una delle protagoniste del mio libro. Anche se tu non puoi averlo capito. Ma lei a suo tempo lo capì eccome... E con lei tutta Walden. Le ho dedicato un intero capitolo, "La cacciatrice di patrimoni". Quella che si fidanzava non con i ragazzi, ma con i soldi del loro papà. E siccome uno di quei patrimoni lo ha poi sposato, fra l'altro ingannandolo nel modo peggiore, non me lo ha più perdonato. Ma credimi Emma. Considero un onore essere detestata da una simile opportunista».

«E la vergine del cotillon? Sai che è la mia professoressa di letteratura?»

«Ma Emma, non esiste nessuna vergine del cotillon! È un personaggio fittizio che mescola particolari di tanti personaggi realmente esistenti. Come il 99% dei protagonisti del libro. Solo

Nanette è vera». E Pernille cominciò a sghignazzare, servendosi di altro cibo. «E se lo meritava!»

«Ma allora la Salomon? La mia prof? Mi ha quasi mobbizzato, per questo!»

«Ma perché non me lo hai detto prima? Ti avrei dato di che risponderle».

«Non mi andava. Temevo che poi tu e io avremmo litigato, insomma, che sarebbe finita nel solito modo. Io che ti rinfacciavo cose e tu che mi dicevi di non giudicare...».

«Ma capiterà ancora. Sei un'adolescente, mi urlerai contro di nuovo, e io mi arrabbierò di nuovo. È nelle cose. Ma quanto alla signora Salomon, che non conosco neppure, la mia risposta è che avrebbe voluto esserlo, la vergine del Cotillon. Sai quanta gente si è riconosciuta nelle mie pagine, qui in città, soprattutto perché desiderava essere sotto i riflettori anche solo per un attimo? Molti si sono anche fatti intervistare dai giornali, sperando ne famosi quindici minuti di notorietà. E intanto dicevano peste e corna del libro. La cosa buffa è che la loro stupidità è stata il vero passa parola».

«Non ne abbiamo mai parlato».

«Non mi hai mai chiesto nulla. Lo hai letto e mi hai condannata senza appello».

«Ok. Colpita e affondata».

«Adesso devo dirti una cosa io, visto che questa sembra essere la sera delle rivelazioni. Io sono molto orgogliosa di te, e non te lo dico abbastanza spesso. Mi piace il modo in cui ti batti per ciò in cui credi, anche se a volte diventi molesta, soprattutto con me. Mi assomigli, e soprattutto assomigli a nonna Leda. E anche se forse non te lo dico abbastanza, sei la cosa migliore, forse l'unica cosa buona che io abbia fatto nella vita. Chiaro? Non te lo scordare mai, soprattutto quando litighiamo».

Adesso era il turno di Emma di sentirsi a disagio. Si alzò, cominciò a sparecchiare e poi aggiunse: «Ok, ricevuto. Ma ora andiamo a letto, perché non le reggo troppe rivelazioni in una sola serata».

Pernille, che era ancora seduta a tavola, guardò la figlia e cominciò a ridere battendo le mani: «Che ti avevo detto? Siamo due gocce d'acqua»

Quella sera in chat ci fu un certo affollamento.

Jakob: <<Ho i documenti che ci servono>>.

Ezrah: <<Grande! Li hai fotografati di nascosto?>>

Ari: <<Buona sera a tutti. Ho appena letto.>>

Emma: <<Anch'io. Salve a tutti! :-D>>

Jakob: <<Glieli ho chiesti.>>

Ari: :-O

Emma: :-O

Ezrah: :-O

Jakob: <<Già. E me li ha dati.>>

Ez: <<Come lo hai convinto?>>

Jakob: <<Gli ho detto la verità. E ho capito che se vuoi che le cose accadano, devi farle accadere.>>

Ez: ?

Ari: ?

Emma:?

Jakob: << Vi racconterò poi. Novità da parte vostra?

Emma: <<si, mia madre farà uscire l'articolo probabilmente mercoledì. Quando ci vediamo noi.>>

Laia: <<Salve a tutti. E le prove della edificabilità della villa?>>

Emma: <<Ha detto che ci prova.>>

Laia: <<wndrfl!>>

Daisy: <<Buona sera a tutti. Ho una bomba anch'io. Parlato con mia zia. >>

Laia: <<Nonostante l' Alzheimer?>>

Daisy: <<Mai detto che l'avesse!>>

Ez: <<Laia, zut!>>

Daisy: <<Dice che A.F. era incinta secondo lei.>>

.... silenzio..................... .

Emma: <<????>>

Ez: <<????>

Laia: <<????>

Ari: <<????>

Jakob: <<????>

Ari: <<Lo scenario si fa interessante!>>

Ez: <<Acqua in bocca. Ne parliamo mercoledì.>>

Daisy: <<Ma non volete i particolari?>>

Laia: <<Absol not!! non via chat. A mercole.>>

Daisy: <<Ok.>>

Emma : <<A merc.>>

Ari: <<A merc>>

Jakob: <<Ok. Notte a tutti.>>

Martedì. Pernille era nel suo ufficio e stava rileggendo il pezzo prima di licenziarlo. Le sembrava ok, soprattutto perché l'intervistato non ci faceva una bella figura, e non si era accorto di essere abilmente manipolato dall'intervistatrice. In particolare in alcuni passaggi:

«Mi dica, quale ragione vi ha spinti ad acquistare proprio l'archivio di Adele Filò?»

«Bé, perché così un pezzo di storia di Walden finalmente avrà un degno posto in un luogo dignitoso in cui la gente andrà a vederlo».

«Consultarlo, intende».

«Vedere, consultare, sì, quelle cose lì».

«Ma ritiene che precedentemente non fosse in un luogo dignitoso? Mi risulta che la dottoressa Swan ne fosse la curatrice. E si tratta di una nota studiosa di Adele Filò».

«Ma non è mica una che insegna all'Università, no? E poi è una donna, insomma, una bibliotecaria, o no?»

«Bé, molti studiosi non la pensano come lei, visto che è conosciuta anche all'estero. Mi dica, lei ritiene che questo archivio rappresenti bene la storia di Walden, quindi? È questo il motivo?»

«Signora mia, la storia è importante, lei mi insegna. Le battaglie, le sconfitte... si studia a scuola la storia, sa?»

«Ma questo è un archivio letterario. Raccoglie i carteggi di una letterata».

«Appunto. Che ho detto? Storia, letteratura... quelle cose lì».

«Lei è al corrente del testamento di Lord Havisham?»

«Ma chi? Il vecchio che ha lasciato la villa al Comune?»

«Esatto. La villa, quando l'archivio verrà trasferito, non sarà più a disposizione del Comune. Che non potrà godere più di una sede prestigiosa per le sue iniziative culturali».

«Bé, meglio, no? I sindaci devono far riparare le strade, alla cultura ci pensano i professori universitari e quelli che scrivono dentro i libri. Quelli hanno studiato; ma, vede, mancano di senso pratico, e allora ci pensiamo noi imprenditori a dargli le cose da studiare. Giusto?

«Comperandogli l'archivio?

«Esatto! Così poi ci si chiudono dentro e scrivono dei bei libri. Però, cara signora, siamo uomini di mondo, e quindi nel meraviglioso locale che gli abbiamo comperato dovrà comparire una enorme targa con scritto "Dono della Fondazione Imprenditori Generosi ", e sotto in elenco tutti i nomi dei membri. Anzi, mi permetta di citare i più rappresentatavi: i prosciutti Lebon, la calcestruzzi Vortex, la farmaceutica Viamal, le vernici Chemical, il cotonificio Filander, le conserve Pomò. –

«Mi dica, non sia modesto. È sua l'idea di questa generosa donazione?»

«Anche, ma soprattutto del mio caro amico mister Trumpet, proprietario del suo giornale. Sa, io ci metto i capitali, ma sono più bravo con i soldi che con le parole. Io guardo i fatti, come si dice».

«Capisco. Avete intenzione di risolvere anche i problemi di spazi che inevitabilmente avranno i cittadini di Walden, ora che non hanno più villa Havisham?»

«Che spazi, scusi?»

«Spazi per iniziative culturali, ovviamente».

«E perché, cara signora? E poi, guardi, io ho già fatto tanto. Sono proprietario di ben tre multisale e due centri commerciali nella periferia. E dentro il supermercato ho fatto anche mettere un altoparlante con la musica».

«Lei è veramente un benefattore della collettività».

«Lo può ben dire, madame».

Pernille rilesse e ridacchiò. Più facile che rubare la caramelle ad un bambino. Si alzò soddisfatta, e lanciò l'articolo nel server del giornale. Si accordò velocemente con il redattore di turno sugli ultimi dettagli per il numero del giorno dopo, e uscì per andare alla cena di famiglia nel locale di Pierre.

Mentre sgambettava sui tacchi diretta all'appuntamento contava fra sé e sé per vedere quanto ci avrebbe impiegato Trumpet a trovare l'articolo sul server, leggerlo e richiamarla. Era a 45 quando il telefono squillò. Prima di rispondere ricordò a se stessa la regola aurea di Pernille Chevailer: attaccare, mai difendersi!

«Lucius! Immagino tu abbia visto l'articolo sul server. Allora, cosa non ti va bene?»

«Pernille, gli hai fatto fare la figura del cretino!»

«Non è mica colpa mia se TU metti un cretino a capo di una fondazione che TU hai creato. Dovevi pensarci prima».

«Ma non gli hai dato tregua!»

«Eh, no, mio caro. Io gli ho dato anche l'imbeccata, per fargli dire cose sensate! Però scusa, quello che interessava te è emerso. O no?» E alzò il tono della voce di un paio di ottave, per fargli capire che non ammetteva repliche. «Allora?»

«Sì, sì. Ma fai sembrare la fondazione un covo di buzzurri».

Perché lo siete, pensava. Ma abbassò il tono in modo suadente. «Ehi, ma su chi vuoi far colpo? Sull'uomo della strada o sugli intellettuali? Se vuoi avere dalla tua la gente comune devi darle dei contenuti elementari. Fidati, la comunicazione è una scienza esatta».

«Sarà, Pernille, ma non prendermi per il naso, ok? In fondo c'è tua suocera in questa storia, e non vorrei che tu fossi diventata parziale».

«È la madre del mio ex marito, non mia suocera. Chiaro? E non è mica una novità, questa».

Di nuovo il tono due ottave sopra: «Lucius, stai mettendo in discussione la mia integrità professionale?»

«No, Pernille ci mancherebbe...»

«Perfetto, Lucius, Buona notte».

Sospirone dall'altra parte: «Buona notte».

Intanto con i suoi passettini veloci era arrivata davanti al locale di Pierre. Entrò e vide la famiglia già seduta. Li guardò e si buttò sul divanetto accanto a Ethan: «Dobbiamo fare molto in fretta. Non posso raccontargli palle continuamente. Insomma, è un cretino, ma non del tutto».

La figlia, la suocera e l'ex marito la guardarono e Ethan, con simpatia, le disse: «Birretta con fettina di limone? Accompagnata, naturalmente da abbondanti schifezze di Pierre. E dalle mie scuse per come mi sono comportato la scorsa settimana».

Pernille abbozzò un sorriso sbilenco. «Tutto accettato. Anche le scuse. E credimi, non so se io, al posto tuo, avrei saputo comportarmi meglio».

Ethan rimase di sasso, anche se non lo diede a vedere. La sua ex moglie era cresciuta, in quei dieci anni. E forse aveva imparato un po' di umiltà.

Pernille si alzò in piedi: «Mi dovete scusare, ma prima di ordinare devo andare a salutare Pierre. Non lo vedo da così tanto tempo che forse nemmeno mi riconoscerà».

Si alzò e si avvicinò al fondo della sala, dove Pierre stava controllando gli ordini della serata prima di smistarli alle cucine. Pernille rallentò per osservarlo con attenzione, e vide che non era affatto cambiato, a parte qualche ruga su quel volto da normanno: era ancora biondo, muscoloso e massiccio, da ex rugbista quale era. Lui alzò lo sguardo e rimase impietrito, quando la vide. Aspettò che lei si avvicinasse, e poi la strinse in un abbraccio avvolgente.

«Ti aspettavo. Ethan mi aveva preavvertito. Dio mio, Pernille, dieci anni che ti vedo solo in tv... Perché non sei mai tornata?»

«Andiamo Pierre. Lo sai bene, che qui non ero più gradita. E pensavo che tu più degli altri mi detestassi per quello che avevo fatto al tuo amico».

«Anche tu eri mia amica. E io poi non sono fatto così, dovresti saperlo. Mi sei mancata così tanto...»

Pernille, commossa e un po' imbarazzata per l'accoglienza gli strinse forte una mano. «Ti lascio lavorare. Sono al tavolo con gli altri».

Ancora turbata tornò a sedersi. Ordinò poche cose, anche se piacevolmente dannosissime come tutto ciò che si cucinava da Pierre, e si preparò alla riunione di famiglia... anche se l'abbraccio di Pierre l'aveva indubbiamente distratta.

Lo scambio di informazioni fra di loro fu serrato per un po'. Ma il pezzo forte arrivò verso la fine della serata e fu la rivelazione di Emma (di Daisy, in realtà, come sappiamo) sulla gravidanza di Adele Filò.

«Non lasciamoci troppo influenzare da queste notizie», raccomandò nonna Leda. «Perderemmo di vista i nostri obiettivi. E se anche fosse vero, chissà che ne è stato di questo ipotetico figlio»

«Ma non sei curiosa, mamma?», chiese Ethan.

«Lo sono, ma non possiamo permettercela, adesso, questa curiosità. Vorrei sapere però da dove viene la notizia. Insomma, qual è la fonte?»

«La zia di Daisy, Petunia»

«Bé, Petunia è attendibile, ed è sempre stata molto discreta sulla vicenda. Certo, Viaggia sui novant'anni, ma è lucidissima»

«E allora io un piccolo supplemento di indagine lo farò». Emma ne era sempre più convinta.

Pernille intervenne. «Va bene, ma intanto vediamo se domani l'articolo susciterà qualche commento fra chi frequenta solitamente la villa. Se poi a questo punto voi ragazzi avete intenzione di organizzare un flashmob, dovete puntare sull'evento pubblico che la Fondazione "Imprenditori Gneerosi" organizzerà fra un mese al cafè *En Rose*. Sarà una cosa grandiosa, a quanto ho capito, e pare che sia invitata anche la stampa di Charming City. Dovete essere sicuri che funzioni, però, altrimenti non recupererete la figuraccia».

Ethan si inserì: «Posso collaborare anch'io. Potrei mobilitare pittori, fumettisti e musicisti jazz amici miei. Che so, potrebbero vendere le loro opere all'asta per finanziare altre iniziative successive o la produzione di manifesti da affiggere»

Pernille era un po' scettica: «Prima ti devono dire di sì»

«Vero, ma se vogliono comparire nella collana dell'editore Wonderful di cui sono direttore, bisogna che siano moolto carini con me».

Le tre donne rimasero a bocca aperta: «Cosa?»

Emma era estasiata. «Ma papà, Wonderful è l'editore di fumetti più importante della nazione. Una collana tutta curata da te? E da quando lo sai?»

«Un paio di mesetti, ma non ero ancora sicuro di volerlo. Ci ho rimuginato fino ad oggi, ma ho deciso in questo momento di dirgli di sì. Così avrò una leva verso i miei colleghi più importanti, e questa vicenda potrà varcare i confini di Walden».

Brindarono per festeggiare la notizia, parlarono ancor un po' del da farsi, e poi Penille si scusò. «Devo andare. Domattina sono di turno prestissimo al giornale. Devo dare il buon esempi ai redattori. Vieni con me, Emma?»

«Sì, domani ho una brutta giornata a scuola».

Madre e figlio si attardarono a tavola un altro po': «Per questo eri così teso ultimamente, figliolo? Credevo fossi in crisi creativa...»

«Già. Non sapevo cosa decidere. Un conto è scrivere e disegnare, un altro è prendersi responsabilità di tipo organizzativo, contattare gli altri, scegliere gli autori e i materiali più adatti da pubblicare. È una grossa responsabilità, e temevo di non essere la persona adatta. Sono un creativo, non un editore».

«E hai detto di sì per darci una mano o perché sei pronto alla nuova impresa?»

«Boh! Non lo so. Ma ho pensato che fosse giusto così. Se vuoi vedere dei cambiamenti, devi anche provocarli. Sia a Walden che nel mondo del fumetto.»

Quel mercoledì mattina Emma si alzò prima del solito per correre in edicola, e con il giornale in mano si sedette al tavolo della colazione. La madre era uscita alle sei.

Lesse e rilesse, pensando che Pernille aveva davvero fatto un buon lavoro... anche se, rifletté fra sé, Trumpet non se la sarebbe bevuta a lungo, la neutralità del suo direttore. Per la prima volta in vita sua era preoccupata per sua madre.

Rilesse ancora, e sperò che molti dei suoi compagni di scuola avessero la sana abitudine di comperare il quotidiano. Poi accese la radio, sintonizzandola sulla rassegna stampa del canale 1 e sentì il commentatore dire: «Quella pubblicata dalla *Voce di walden* è una notizia che ci colpisce come un fulmine a ciel sereno. Vi rimandiamo al servizio sul giornale radio».

«Porca vacca!», urlò. Uscì di corsa a cavallo della bici, come al solito. Come al solito si trovò con Laia al bar, per il caffè prescuola, e come al solito Emma non fece in tempo ad aprire bocca che l'amica aveva già cominciato a parlare a razzo. Naturalmente, con la sua copia della "Voce" sotto il braccio.

«Bé, direi che la tua signora mamma ci ha servito un bel bocconcino. Se quanto c'è scritto qui non smuove un po' le coscienze vuol dire che della nostra battaglia non interessa nulla a nessuno».

«Bé, dobbiamo mettere in conto anche questa possibilità. Anche se il passaggio della notizia in radio dovrebbe aver amplificato il risultato».

«Anche la radio? Urca. Bé, consiglierei di fiondarci a scuola e fare due chiacchiere con il mondo intero. Con il giornale in mano, naturalmente, per battere il ferro finché è caldo. Così per lo meno muoviamo le acque: il miglior luogo di diffusione del pettegolezzo è il capannello davanti a una scuola...dai, muoviamoci!»

Corsero a scuola, pedalando come forsennate.

La scena che si presentò loro fu quella che Emma sperava: con il giornale spalancato davanti a sé Ezrah stava arringando una decina di ragazzi, scuotendo la testa in modo plateale come se fosse stato preso in contropiede dalla notizia. Fingere di non sapere era il modo migliore per comunicare agli altri indignazione, e nel frattempo pilotare le altrui opinioni. Ez lo aveva teorizzato nelle loro conversazioni, e ora lo stava mettendo in pratica.

Ognuno di loro stava facendo la stessa cosa, in realtà. Ari, appoggiato ad una colonna, stava mostrando l'articolo ad un gruppo di ragazze (ne aveva sempre alcune appresso), e Jakob, che forse di ragazze ne aveva attorno anche di più, stava raccontando nei dettagli quali fossero le mire di Trumpet.

Daisy invece stava spiegando con tono didascalico il contenuto dell'articolo a un gruppo di oche ben vestite che ad ogni sua parola aprivano la bocca con un "o" perfetto. E Heidi si stava occupando del clan dei timidi, che non osavano chiedere nulla a nessuno e che lei avvicinava sapendoli curiosissimi ma paralizzati. Heidi li riconosceva a naso i suoi pari, e sapeva molto bene come fossero una straordinaria risorsa: spesso più intelligenti degli altri, grandi consumatori di volumi della biblioteca, di dvd della cineteca, avrebbero sofferto per la chiusura della villa perché era il solo luogo in cui riuscivano a socializzare fra loro, ben più che a scuola. E li spronava alla rivolta, come una goccia che scava.

Emma si avvicinò a uno dei capannelli e colse subito la temperatura del luogo quando un ragazzo le chiese: «Emma, tu sei la nipote di Leda Swan, no? Cosa ne pensa tua nonna di questa porcata?»

«Mia nonna ne sa quanto noi, perché nessuno ha pensato bene di avvertirla. Ma non è certo la sola a rimetterci, da questa situazione».

Ez si avvicinò loro e apostrofò il ragazzo: «Ehi, Lucas, perché non ricominci a collaborare al giornale della scuola? Potremmo fare un'inchiesta fra gli studenti per vedere cosa ne pensano, di tutta questa faccenda».

«Mi piacerebbe, Ez. Quest'anno ho meno insufficienze, e potrei trovare il tempo».

Un altro paio di studenti stavano ascoltando, e interrogarono Ez sulle intenzioni della redazione. «Contate di scriverne?»

Ez prese un tono un po' ampolloso: «Naturalmente. Restando sugli argomenti che da sempre caratterizzano il nostro giornale: il punto di vista degli studenti. Ma vedrete che non saremo soli; conosco dei gruppi che fanno controinformazione, e vedrete che non mancheranno di dire la loro».

«Cioè? Chi?» Chiesero altri.

«Mi dispiace. Devo proteggere le mie fonti. Ma ne leggerete sulle nostre pagine. faremo un'edizione straordinaria entro la settimana, se riusciamo».

Jakob, che era accanto a Ez gli chiese sottovoce: «Ma sei sicuro di fare in tempo?»

«Jakob, dobbiamo assolutamente. Oggi ne parleremo».

Come sempre la campana interruppe ogni conversazione, e i ragazzi cominciarono ad affluire alle classi. I nostri avrebbero dovuto attendere fino al termine delle lezioni per fare il punto.

Emma entrò in aula seguita da Laia e Maiumi, appena in tempo per sedersi all'arrivo della professoressa Salomon. La settimana di scuola che era trascorsa dall'inizio dell'anno ovviamente non era stata sufficiente per aggiustare i rapporti fra Emma e l'insegnante, ma dopo il colloquio con Pernille la ragazza aveva capito che doveva trattare la "vergine del cotillon" con molta cautela.

La Salomon si presentò in classe con una copia del giornale, e prima di fare lezione si rivolse alla classe:

«Avete letto? Immagino di sì, almeno qualcuno di voi». E poi rivolgendosi a Emma, la apostrofò con ironia:

«Certo, non si capisce bene da che parte sta tua madre, eh, Swan? Insomma, in fondo chi le dà lo stipendio è coinvolto in questa faccenda».

Emma temeva che qualcuno le facesse notare proprio quel particolare, e sussurrò a se stessa di stare calma. Ma Maiumi, vedendola in difficoltà, con il suo aplomb e la sua grazia implacabile decise di rispondere al suo posto: «Mi sembra, professoressa, (con una sottolineatura sul termine "professoressa") che la madre di Emma abbia fatto egregiamente il suo lavoro. Lei non crede? In fondo senza di lei forse questa vicenda sarebbe rimasta nascosta ancora a lungo. Poteva fare un'intervista molto più accomodante».

Emma recuperò la freddezza e aggiunse: «Sono certa che anche la professoressa Salomon la pensa come te, Maiumi. E che non mancherà di dichiaralo quando la intervisteremo per il giornale della scuola. Come non mancherà di darci il suo appoggio se noi studenti ci opporremo alla decisione del Comune».

La Salomon fece un sorrisetto storto: «Vedremo... se sarete in grado di essere propositivi e non oppositivi. In quel caso sarò ben lieta di darvi i consigli giusti».

Lucas, il ragazzo che aveva interpellato Emma davanti alla scuola, alzò educatamente la mano: «Come facciamo a capire che quello che stiamo facendo è propositivo e non oppositivo?»

Laia si aggiunse: «Ma perché? Non si può essere propositivi e oppositivi allo stesso tempo?»

Un'altra ragazza si aggiunse: «E poi, scusi. Noi perdiamo la sala prove del teatro, il teatro, le sale per i gruppi musicali, la sala proiezioni della cineteca, e la saletta per l'autoproduzione dei video; mia nonna perde le riunioni del club del libro, e la biblioteca andrà a finire chissà dove. Io ho solo voglia di dire no, non di essere gentile».

Un'altra ragazza intervenne: «Io abito a Woodenpark, e sono venuta a scuola a Walden perché sapevo che avrei avuto tutte queste opportunità che nel mio paesino non ci sono. E non sono la sola. Come la mettiamo?»

La Salomon non sapeva come arginare i suoi studenti. «Va bene, ho capito che siete in collera. Ma siamo a scuola, e adesso facciamo scuola».

«Ci scusi, professoressa» Emma continuò con non poca malizia, fingendosi contrita. «Ma ci sembrava che lei fosse con noi, e ci siamo lasciati prendere la mano».

«Va bene. Va bene. Ho capito. Volete sapere il mio punto di vista. Giusto?»

«Esatto». Rispose Maiumi.

«Penso che abbiate ragione su tutta la linea. Ma temo che perderete». Disse con tono sinceramente addolorato. «E io non posso fare altro che stare alla finestra. Il mio lavoro mi impedisce di fare altro. E adesso facciamo lezione.»

E lezione fu. Ma alla fine dell'ora, in attesa del professore di scienze, i ragazzi commentarono le parole della Salomon. Laia era indignata: «Ma come! Questa per un anno scolastico pontifica che dobbiamo esser cittadini consapevoli eccetera e poi dice che lei si tira fuori? Ma che coerenza è?»

Emma si sentì in dovere di difenderla: «Ehi, almeno ne ha parlato. E ha avuto il coraggio di dirci che anche lei la pensa come noi. E comunque credo che la Salomon sia un po' "vorrei ma non posso". Sa cosa è giusto, ma non ha il coraggio di esporsi. Non sarà la prima né l'ultima, in questa faccenda».

La lezione di scienze si protrasse noiosa per due ore, cui seguirono altre due tornate di insegnanti e parole. E le lancette si ostinavano a scorrere lente.

La campanella delle due fu la fine di un'agonia. Troppa roba c'era in ballo quel giorno. Le ragazze uscirono a bomba e corsero al bar ad occupare un tavolo per tutto il gruppo. Alla spicciolata anche gli altri le raggiunsero.

Quando ebbero tutti qualcosa di commestibile davanti la riunione cominciò. Ez decise di aprire le danze fornendo l'ordine del giorno.

«Bene, allora io comincerei con gli aggiornamenti: Emma, Jakob e Daisy relazioneranno rapidamente. Dopodiché direi che le urgenze maggiori sono la preparazione del sito e il flashmob; ah, già! Poi naturalmente io vi dirò cosa intendo pubblicare sul giornale della scuola. Infine dobbiamo decidere come comportarci con ciò che Daisy ha scoperto».

«Inizia tu, Ez», propose Jakob che si era offerto di tenere una specie di verbale.

«Bene. Allora. Io conto di fare uscire il giornale della scuola con qualche pittoresca intervista a studenti. Una cosa un po' strappalacrime del tipo: *Cos'è Villa Havishm per te ecc...* sperando che Lucas mi dia una mano. Poi occorre un articolo di fondo che riprenda l'articolo di Pernille Chevalier spiegandone i contenuti e getti là delle domande del tipo *A chi giova tutto questo?* oppure *Cosa accadrà adesso?* per mettere delle idee in testa a chi non le ha ancora e per coprire a tappeto la notizia. Chi lo fa questo? Jakob, tu lo faresti? Con qualche domanda filosofica come sai fare tu... del tipo *A cosa serve una comunità se siamo tutti in vendita?* .

«Così mi fai fare la figura del trombone che parla solo di massimi sistemi... Facciamo così, la scriviamo io e Ari a quattro mani. Lui ci mette l'analisi dei fatti, io ci metto le riflessioni morali».

«Ok, e poi ci dobbiamo inventare una notizia sul sito pirata. Inventata fino a un certo punto perché siamo sempre noi, ma mi raccomando, che gli altri redattori del giornale non sappiano che siamo noi... acqua in bocca. Emma. La scrivi tu? E daremo l'indirizzo web, ovviamente»

Maiumi era molto perplessa. «Ok. Ma allora dobbiamo spicciarci con il sito. Il materiale, se ho capito bene , lo abbiamo. Giusto?»

Due o tre sì.

«Bene. Bisogna fare in modo di non essere rintracciabili. E qui ci penso io. Sono bravina in queste cose. Noi pirati informatici proviamo gusto a non farci trovare».

«Maiumi, non sapevo che sapessi fare anche questo...». Emma era stupita. Stilosa come una parigina, e smanettona come un geek brufoloso? I pregiudizi sono duri a morire, concluse Emma fra sé, se ci casco anch'io.

«Sì, e non dite che dipende dalla ma nipponicità. Ok? Non c'entra nulla. E poi in casa mia c'è molto più Hokusai che Nintendo!»

Laia la guardò con la faccia facciosa: «Ovvio. Tutti abbiamo un paio di chili di Hokusai in casa. E sarebbe, scusa?»

Tutti si girarono verso Ez, che stranamente non stava commentando: «Ok, non lo so neanch'io. Va bene?» Rispose un po' seccato. «Ci posso arrivare, però... è una specie di playstation vecchissima, tipo Commodore 64?»

«È un pittore e incisore giapponese di quasi una trecentina di anni fa». Rispose Emma che odiava fare la parte della secchiona, ma se si trattava di arte odiava ancora di più non farla.

«Esatto. Roba molto poco high tech» aggiunse Maiumi. –Insomma, mia nonna è buddista shingon, e mia madre è maestra di shodo. Niente giapponesi maniaci della tecnologia in casa mia, ok?» La sua faccia non ammetteva repliche, e nessuno osò farlo. Anche se tutti avrebbero chiesto volentieri cosa fossero shingon e shodo. Ma ci sarebbe stata l'occasione.

«Bene. – continuò la ragazza. – Ora che ci siamo capiti sui fondamentali, la prima cosa da fare è registrare un tld non nazionale presso un host estero, che ti permette di farlo con pochissimi soldi, un sito tipo zumpappà.com. Dopodiché se facessimo qualcosa di illegale questo non sarebbe sufficiente per tutelarci...». e guardò con un pizzico di sadismo la faccia di Daisy, che stava già diventando paonazza. E che ovviamente reagì: «Certo che non faremo nulla di illegale. Eravamo d'accordo, vero?»

«Certo che sei proprio una svampita». Commentò Laia. «È evidente che no. E che Maiumi ti stava provocando».

Attimo di gelo fra le due. Intervento pacato di Heidi. «Per favore, lasciate finire Maiumi. I vostri problemi personali li risolverete separatamente».

«Grazie, Heidi. Dicevo, a noi basta essere anonimi, per evitare grane nell'immediato. Ok? Però dobbiamo decidere che cosa vogliamo fare di questo sito. Un repository?»

«Stop. Non ho capito un tubo». Jakob si stava spazientendo «Cosa sono un tld e un repository?»

«Scusa, Un tld è un top level domain. E un repository è un archivio da gestire. Ma il nostro può essere piccolino, non siamo mica wikileaks. Il nostro sito deve servire a contenere le prove di ciò che diciamo, giusto? E quindi deve essere consultabile soprattutto dalla stampa. E a dare notizia dei flashmob, eventualmente».

«Ok,» Ari sembrava aver capito tutto. «È esattamente quello a cui pensavo. E tu lo sapresti fare?»

«Per quello che serve a noi, certo. E mi darà una mani Heidi, che è anche più brava di me».

«Mia sorella?» Daisy trasecolò. «E da quando sa fare queste cose?»

«Da un po'». Rispose Heidi tranquillamente. – E poi sorrise serafica. «Io e Maiumi curiamo insieme un sito di fan di Mika Kobayashi, e così abbiamo fatto un po' di esperienza».

«Che per la cronaca è una cantante». Aggiunse Maiumi.

«Ok» Aggiunse Ez «Mi arrendo. Troppa roba da imparare in una volta sola».

«Allora si procede. Avete carta bianca, ma adesso andiamo a finire la riunione al parco perché qui stiamo dando nell'occhio». Commentò Emma.

Tutti acconsentirono. Salirono in bici, e si diedero appuntamento nel viale della villa.

Dopo una quindicina di minuti erano piacevolmente seduti ad un tavolone di legno sotto un albero.

«Ok» attaccò Ezrah «Riunione parte due. Emma?»

«Allora, mia madre ha detto che fra un mese ci sarà una specie di festa della Fondazione "Riccastri associati". Il flashmob converrà farlo là. Dobbiamo solo cercare di fare un passaparola efficace, perché se non viene gente sarà un macello. Ari, tu ti sei informato, vero?»

Ari, che si era ovviamente documentato, tenne al gruppo una specie di conferenza su cosa fosse un flashmob.

«Allora. A occhio e croce sappiamo cosa sia, giusto? Si tratta di un evento improvviso, organizzato in segreto, di cui in teoria nessuno sa nulla, tranne ovviamente i partecipanti. Che ovviamente devono trovarsi come per caso nel luogo convenuto. Ci siamo?»

«Ok, ma fin qui lo sapevamo». Ez, ovviamente.

«Pazienta, Ez. Lasciami finire. Dobbiamo ovviamente decidere che tipo di evento creare: una coreografia, un coro tutti assieme, oppure mimare tutti la stessa azione, per esempio potremmo tutti fingere di innaffiare i fiori o di leggere un libro, insomma, avete capito... E poi è importante decidere come reclutare le persone: tramite i social, o un sms. Ma un piccolo gruppo di una ventina di persone deve esserci di sicuro, e deve trovarsi prima in segreto per fare le prove; poi è importante decidere se dobbiamo indossare qualche cosa di particolare».

«Consiglio di andare a vedere il luogo dell'evento, allora». Propose Emma.

«E ovviamente, alla fine, dobbiamo fare un video da mandare in giro» Jakob il regista, naturalmente. «Me ne posso occupare io».

«Domande?» Ari si rivolese agli altri.

Laia si intromise: «C'è una voce su www. tellmehow.com che insegna dettagliatamente come fare un flashmob in 17 passaggi. Potremmo vedere lì se abbiamo scordato qualcosa».

Ari era inorridito: «Ma quel sito insegna anche a fare una pizza margherita in dieci mosse. Non è una cosa seria: È come se Lenin avesse imparato come fare la rivoluzione russa sul manuale dei boy scouts».

Laia ribattè con una smorfia: «Bé, visto come è andata a finire forse avrebbe dovuto. Ari, siamo dei dilettanti totali... tutto può servire».

«Ok». Sospirò Ari rassegnato. «Allora leggiamolo tutti».

«Tranquillo» gli sorrise Ezrah mettendogli un braccio sulle spalle. «Quando scriverò la tua biografia di grande agitatore di popoli questa parte me la dimenticherò».

Pernacchie e risate. E anche Ari fu costretto a ridere.

Emma si inserì: «Io invece vorrei sapere da voi cosa pensate di ciò che ha scoperto la nostra Daisy, perché dobbiamo confrontarci anche con questa notizia. C'è un erede? Dobbiamo seguire questa traccia? Abbiamo detto che potrebbe non servire a nulla».

Jakob riflettendo a voce alta provò a dare la sua risposta: «È vero, ma qui si tratta di un erede diretto, un figlio. Quindi forse un tentativo va fatto, anche se sarà una cosa lunga. Che oltretutto potrebbe portarci a capire cosa è successo davvero ad Adele... anche se nell'immediato non è nei nostri piani».

«Io ci vado lo stesso a guardare nell'archivio?», chiese Daisy che voleva ovviamente occuparsi di cose potenzialmente non "pericolose".

«Male non può fare. Ma mettiti all'opera dopo il flashmob – propose Laia – abbiamo bisogno di tutte le energie, e tu sei quella con la pagina facebook più ricca. Sembri una socialite».

«Sono d'accordo con Laia. Abbiamo bisogno di tutte le energie per il flashmob» continuò Jakob «Ma quanto all'ipotetico figlio, occorre che qualcuno di noi dia un'occhiata subito, pur senza illusioni, per vedere se la pista ha un senso».

Tutti sembravano d'accordo, e la riunione fu tolta, anche perché la preoccupazione per lo studio pomeridiano stava cominciando a farsi strada in ognuno di loro. La scuola c'era, era la parte centrale della loro vita, ed era il caso di non dimenticarlo.

Piano piano si avviarono verso le bici, e se ne andarono tutti, tranne Emma. Jakob la fermò: «Senti, io ho in mente di fare alcune interviste in città da mettere sul sito pirata, per mostrare che dietro la nostra "mission" c'è una cittadinanza intera. Altrimenti se diamo l'impressione di esser solo quattro gatti, non abbiamo lo stesso appeal. E se il sito verrà visitato dalla stampa nazionale si avrà l'impressione che qui ci sia davvero qualche cosa di grosso».

«Sono d'accordo».

«Ma ci verresti con me? In due è più facile. Io filmo ma la maggior parte delle domande le potresti fare tu».

«Volentieri, però non voglio essere inquadrata. Odio vedere la mia faccia in una foto o in un video».

«E perché? Dammi retta, la macchina da presa secondo me ti amerà». E le sorrise con dolcezza.

«Ringrazia la macchina da presa, ma o così o niente».

«Va bene. Come vuoi tu».

«E le domande le decidiamo insieme. Tu e io».

«Nessun problema».

«E dopo mi permetterai di invitarti a bere qualcosa?»

«...Sì, ma come colleghi».

«Messaggio ricevuto».

Si diedero un appuntamento, e poi Jakob se ne andò. Emma rimase ferma davanti alla bici e si chiese se non era stata troppo brusca. Aveva qualche problema con i ragazzi quando la conversazione finiva in territori ignoti, o sentiva puzza di corteggiamento. Magari non era quello il caso e aveva fatto solo la figura della sostenuta, o peggio della presuntuosa. Forse adesso Jakob stava pensando "Ma chi si crede, quella? Mica volevo farle la corte...".

«Uffa!» Disse a voce alta a se stessa «ma io volevo che mi facesse la corte o volevo davvero mantenere le distanze? Perché non sono Laia, che in queste cose non si pone mai troppi problemi?»

5. Segreti e bugie

Al termine della settimana. Ez era riuscito a confezionare una smilza edizione straordinaria del giornale scolastico. Dentro, un paio di articoli riassuntivi sulla vicenda e un editoriale in cui si citavano i *Colporteurs*:

Un gruppo di valorosi della controinformazione, protetti dall'anonimato, ha messo on line le prove di quanto stiamo dicendo, probabilmente correndo grossi rischi personali. Visitate la loro pagina web: www.lescolporteurs.org e diffondetela via mail, sms, e tramite i social network. Contribuite al passaparola!!!

Contemporaneamente, Maiumi, con l'aiuto di Heidi, era riuscita a mettere on line la pagina web dei *colporteurs*. Gli accessi erano cominciati subito, e si erano moltiplicati dopo che sui social network si era scatenato il passaparola.
Anche Pernille contribuì alla diffusione dell'indirizzo web scrivendone sulla Voce di Walden:

Ormai i social e la modalità wiki stanno prendendo il posto della critica sociale. Il sito www.lescolporteurs.org sfrutta la rete per sensibilizzare l'opinione pubblica sul caso "Villa Havisham". Nuovi linguaggi della protesta?

Insomma, ormai il lancio era fatto. Anche la stampa e la tv nazionale, alla fine, ripresero la notizia e pubblicarono stralci dei documenti pubblicati sul sito.

Il passaggio successivo fu la preparazione del flashmob. Heidi si mise d'accordo con una decina di danzatrici che frequentavano gli stessi suoi corsi e insieme cominciarono a studiare una coreografia semplice che poteva essere imparata da chiunque. Ma sul brano da scegliere furono d'accordo che l'onore spettava al gruppo di Emma e co. Così i nostri eroi furono costretti a fare una riunione con un unico tema all'ordine del giorno: la canzone.

Decisero di vedersi in una birreria, perché sembrava il luogo più adatto all'argomento.

«Dichiaro aperta la riunione. E ne approfitto per dire la mia». Esordì Ez. «Io concepisco la musica solo se ci sono un sintetizzatore, una tastiera elettronica e un vocoder... e so che questa roba per voi forse è indigesta. Quindi non sarò io a fare proposte».

«Per me non è musica, Ez. Scusami». Si scusò Ari «Ma capisco che io non faccio testo. Ho bisogno di riconoscere armonia e contrappunto. Il massimo azzardo che posso concepire è il rock. Io e Jakob, come sapete, abbiamo un gruppo che fa cover dei brani rock anni Settanta, e oltre non vado. Mi rifiuto, anzi».

Ez si sentì di nuovo chiamato in causa: «Ehi, ma io concepisco anche la musica elettronica e il progressive rock. E se scegliessimo i Pink Floyd? Una qualunque canzone...»

«Roland Petit ha creato uno spettacolo sulle musiche di *the dark side of the moon!*» Heidi era tutta gongolante. «Potremmo replicarlo».

«Heidi. Non stiamo preparando la coreografia per un balletto». Le ricordò Laia con dolcezza. «Te lo vedi tu uno come Ez, o come Ari, che balla le coreografie di Roland Petit? E poi io odio i Pink Floyd. Per me sarebbero meglio i Clash: *Know Your rights*. La conoscete?»

Ari intervenne. «Sì, ma è un po' troppo punk per un flashmob. Deve essere anche ballabile, o almeno ritmabile. Quella canzone invece è tutta un umpa umpa. Puoi solo pogare, mica ballare: e nessuno sopra i quarant'anni accetterebbe di pogare, almeno non da sobrio. Te la vedi una cara nonnina che saltella e si lancia contro il suo vicino?»

Laia a malincuore gli diede ragione. «No. In effetti...»

«E roba che la gente conosce, magari?» Daisy era piuttosto infastidita. «Non capisco perché dovete sempre complicare le cose. Usiamo i Daft Punk, o David Guetta...»

«Buoni per le discoteche che frequenti tu. Io non sono il tipo che balla sul cubo, spiacente...» Di nuovo Laia.

«Guarda Laia che David Guetta è un talentaccio», obiettò Emma. «E i Daft Punk secondo me piacciono anche a Ez».

Ez annuì prontamente.

«Io ce l'ho la canzone», si svegliò Jakob, che fino a quel momento sembrava perso in una sua privata melodia. «È bellissima, è potente, ed è trascinante... la conoscete *Walls come tumbling down* degli Style Council?»

«E di che era geologica è?» chiese Maiumi, che avrebbe preferito una canzone di Utada Hikaru, ma, non osando dirlo, remava contro.

«Fine anni Ottanta».

Emma intervenne «Io la conosco. Mio padre adora gli Smiths e gli Style Council, e me li ha fatti conoscere».

«Ve la faccio sentire...» E Jakob si mise a cantare a freddo con una splendida voce.

You don't have to take this crap
You don't have to sit back and relax
You can actually try changing it
I know we've always been taught to rely
Upon those in authority
But you never know until you try
How things just might be
If we came together so strongly
Are you gonna try to make this work
Or spend your days down in the dirt
You see things can change-
Yes an' walls can come tumbling down!

«...insomma, così».

«Ehi, sembra quasi J pop». Commentò Maiumi.

«È bellissima! E tu hai una voce fantastica...». Questa era Daisy, ovviamente.

Laia, come al solito infastidita, commentò: «Per favore... piantala di fare la svenevole. Comunque sì, è vero... è perfetta... sembra un inno. E dice quello che vorrei urlare io tutte le mattine quando mi alzo».

La scelta passò, e Heidi si incaricò di adattarvi sopra una coreografia.

Deciso l'unico punto all'ordine del giorno la conversazione restò incentrata sui gusti musicali, e andò avanti tutta la sera, fra polemiche sul passatismo di Ari e Jakob, sulla geekitudine di Ez, e sulla superficialità di Daisy. Maiumi tentò di spiegare cosa fosse il J pop: «Guardate che la musica pop giapponese è molto più avanzata della vostra. Negli anni Novanta da noi si campionavano suoni quando qui si ascoltavano ancora tutti quei gruppi di Seattle depressissimi. Tutti quei tipi con i capelli sporchi e le camicie a scacchi»

«Ehi, siamo amiche, ma non prendere in giro i Nirvana, eh...» Laia era saltata su come un grillo.

«Scusa, Laia, ma quando ascolti *Smells like teen spirits* a me viene voglia di gettarmi da un ponte...»

Mentre tutti si accaloravano nella conversazione Emma si avvicinò a Jakob: «Ehi, ce l'hai con me? Io ci vengo volentieri a fare le interviste con te. Non vorrei mi avessi frainteso».

«Tranquilla. Non ne abbiamo riparlato perché eravamo un po' presi dal sito e dal giornale... Però, la verità è che mi hai spiazzato. E un po' mi sono sentito rifiutato». Si azzittì e poi ricominciò. «Insomma, Emma. Non ti avevo chiesto mica un appuntamento»

«Hai ragione. Ma avevo proprio paura che potesse trasformarsi in una cosa del genere. Magari adesso penserai che sono presuntuosa... insomma, una convinta che i ragazzi le corrano sempre dietro. Non è così, Jakob, sono solo molto goffa, quando sento nell'aria un cambio di registro. È un mio problema, lo so»

«Se mi permetti, è un po' strano. Insomma, dai l'idea di una persona sicura di sé, che sa sempre cosa vuole. E poi mi caschi su queste cose?»

«Ascolta. Io sono una tipa tutta di testa, ok? Finché si parla di cose, si discute, si progetta sono a mio agio. Quando la situazione diventa ambigua divento E.T. l'extraterrestre».

«Ok. Adesso però ti sottopongo un quesito. Per pura curiosità, bada! Facciamo finta che io voglia davvero chiederti di uscire con me. Cosa dovrei fare? Una domanda in carta bollata, oppure non devo neppur provarci, o magari devo trovare una scusa tipo "Ehi, andiamo a vedere un nuovo film?"».

Emma rimase in silenzio un po' e poi provò a rispondere. «Se un ragazzo volesse uscire con me gli direi solo: "Sii paziente. E chiedimelo lo stesso"»

«Comodo, così»

E si spostò all'altro angolo del tavolo, mollandola da sola.

Nei giorni successivi cominciò il reclutamento per il flashmob. Occorreva un gruppo di almeno quindici persone che imparassero bene la coreografia di Heidi e del suo gruppo di danzatrici: i nostri otto eroi e alcune compagne di corso di Heidi cominciarono così ad incontrarsi spesso nella sala prove della Villa quando erano certi che non ci fosse nessun altro. Il flashmob andava preparato, e senza un po' di mistero poteva fallire.

Era un luogo perfetto, nascosto ad occhi indiscreti e sufficientemente grande per ospitare un gruppo ampio. Era accanto alla biblioteca, così i ragazzi potevano studiare insieme nella sala di lettura dopo la sudata danzante. Heidi era la sorpresa maggiore: la sua timidezza in quei momenti scompariva lasciando il posto alla sicurezza del linguaggio corporeo.

Era stupita anche Daisy, che aveva sempre ignorato quella parte della vita di Heidi, pur avendo presenziato religiosamente con tutta la famiglia agli spettacoli della sorella. Sapeva che la sua gemella era una brava danzatrice, ma quello che vedeva era una splendida insegnante e coreografa, in grado di tirare fuori l'impossibile da un giovanotto alto e un po' sbilenco come Ez.

Ari invece era un eccellente ballerino di danze popolari, e nonostante la sua ragguardevole stazza si muoveva con la disinvoltura di... di cosa? Emma lo guardava e pensava ad un personaggio di Dumas, splendido con la spada in pugno e affascinante ad un ballo di corte. Per Emma, Ari era Athos, il conte de La Fere, il suo personaggio preferito de *I tre Moschettieri*. E Jakob? Aramis, ovviamente. Anche il suo modo di eseguire la coreografia avrebbe potuto essere quello di Aramis, ieratico e ispirato, poeta e filosofo. Erano decisamente più bravi delle ragazze, o almeno di Emma stessa, un po' rigida, e di Daisy, troppo ballonzolante e sempre in affanno o fuori tempo.

«La gente balla come vive», aveva detto Heidi. E aveva ragione. Laia, per esempio, ballava in modo un po' "muscolare", come se ne andasse della sua vita, molto precisa nei movimenti ma decisamente più a suo agio in una palestra di kickboxing. "Dovrei portarla a correre con me." pensò Emma "Scaricherebbe le energie negative e ne uscirebbe più rilassata".

Ovviamente, ma non era neanche il caso di dirlo, Maiumi sembrava nata per il ballo, perché, e ancora una volta Heidi aveva ragione, viveva ogni esperienza con allegria, curiosità e senza la paura di sembrare ridicola. Si divertiva, e questo le donava una naturalezza nella danza che neppure Heidi e le altre danzatrici avevano. Certo, loro avevano la tecnica. E si vedeva.

Ma dopo tre o quattro giorni di prove, mentre si stavano riposando dalla danza con un gelato in mano, Emma propose a Laia di cominciare qualche ricerca su Adele.

«Credo sia arrivato il momento di ficcare il naso nell'archivio. Ok il flashmob, ok il sito, ma io qualche curiosità vorrei cavarmela».

«Bé, io ci sono. Però chiediamo Daisy se vuole venire con noi... ci teneva».

«Oh, guarda guarda... stai facendo pace con lei?»

«Non esageriamo. Semplicemente non voglio farle un dispetto. Mi rendo conto che sta facendo un sforzo per partecipare al nostro progetto. E in fondo lo apprezzo».

«Dio mio. Non starai diventando buona?»

«Tu dici che dovrei preoccuparmi?»

«No, non credo. C'è ancora la vecchia Laia lì dentro». e indicò la testa dell'amica. «Ad ogni modo, penso che la cosa più importante sia chiederci cosa vogliamo trovare».

«Bé, la cosa più urgente è consultare le lettere dell'anno in cui Adele scomparve e cercare di isolare il periodo precedente la scomparsa. A un certo punto le lettere si interrompono, no? E andare indietro di tre o quattro mesi, magari cinque, e continuare a ritroso. Magari scegliendo un carteggio cospicuo, con qualcuno a cui Adele scriveva spesso; e qui ci può aiutare tua nonna».

«Ok, ti seguo. Ma noi cosa vogliamo scoprire? Scusa se faccio l'avvocato del diavolo, ma si dice sempre che per trovare le risposte bisogna fare le domande giuste».

«Bé, a noi interessa capire se era incinta, e se non troviamo nulla, almeno capire dove intendeva andare. In Europa? Sono certa che non troveremo nulla sulla gravidanza, perché in quel caso tutti gli studiosi che hanno letto le carte lo avrebbero rivelato. Ma siccome non cercavano tracce di una gravidanza magari non hanno saputo leggere fra le righe».

«Brava Laia. Andiamo da mia nonna e chiediamole consiglio».

Rientrarono alla Villa, dove gli amici si erano fermati in biblioteca a studiare. Misero il gruppo al corrente e si avviarono verso lo studio di Leda, con Daisy appresso.

Entrarono e trovarono Leda con una lente in mano, intenta ad esaminare un manoscritto dall'aria vetusta.

«Entrate, ragazze, sono subito da voi. Un finanziatore della biblioteca ci ha donato un manoscritto autografo di R. L. Stevenson. È prezioso, ma a me sembra un falso. Secondo me il nostro generoso donatore ha preso un granchio».

«Cavolo, Madame Swan. E come fa a capire che è falso?» Laia era affascinata.

«Il contenuto, tanto per cominciare. E la data, che corrisponde ad un periodo in cui l'autore non era a Edimburgo, ma a Samoa. E poi la carta mi sembra invecchiata ad arte».

«Certo che lei ne sa».

«Laia, è il mio lavoro. Io ho cominciato da giovanissima ad occuparmi di documenti antichi, all'Università, quando ero una giovane ricercatrice di letteratura vittoriana».

«Ma perché poi è andata a lavorare in una biblioteca? Non poteva restare all'Università?»

Leda la guardò un po' interdetta.

«Mi scusi...non credevo fosse una domanda imbarazzante...»

«Dio, no. Scusa, non è imbarazzante. Ma io non ho mai smesso di fare ricerca; semplicemente la faccio qui. E quanto all'Università, Bé, diciamo che ho avuto una brutta discussione con il mio capo, che incidentalmente era anche il padre di Ethan. E ho cambiato aria, portandomi via mio figlio».

«Mi scusi, non lo sapevo. Quindi anche il nonno di Emma si occupava di letteratura?»

Emma si intromise: «Laia, lascia perdere. Se non te ne ho mai parlato è perché non è una storia molto piacevole».

Leda sorrise, e si appoggiò allo schienale della poltrona. «Bah, Emma esagera. Semplicemente lui non mi volle sposare, perché era già sposato. E non ha mai riconosciuto il figlio. Un bell'esempio di vigliaccheria maschile».

«Wow! Ma è una storia mitica!» Laia era affascinata.

Daisy, che era rimasta in silenzio fino a quel momento commentò: «Mio Dio. Allora lei è una ragazza madre? Mia madre dice che sono donne perdute...».

Leda si mise a ridere di gusto. «Mah, io non mi sono mai sentita perduta. Anzi, è lui che ha perduto un'occasione. Puoi dire alla tua mamma che si rassegni: siamo sempre di più, e molte di noi lo sono per scelta, non per caso... Allora, cosa vi serviva?»

Emma, felice di cambiare argomento, spiegò alla nonna di cosa avessero bisogno.

«Sì, ci sono i carteggi che fanno per voi. In particolare vi consiglio di consultare quello con Anissa Perez, un'amica molto cara di Adele, che abitava a Charming City. Era la traduttrice dei suoi libri in spagnolo. Si scrissero con costanza fino alla fine».

«Grazie». E curiosissime di improvvisarsi detective e storiche ad un tempo attesero con ansia che Leda consegnasse loro i faldoni con la corrispondenza. Si misero in una saletta riservata agli studiosi in visita e cominciarono il lungo lavoro, prendendo le missive degli ultimi quattro mesi, fino alla scomparsa.

Le lettere all'amica Anissa erano veramente tantissime, quasi giornaliere. La distanza permetteva ad Adele di riflettere sul quotidiano, sulla vita e sul proprio lavoro con una franchezza che forse non avrebbe avuto in un incontro di persona. Emergevano due personalità estremamente diverse: Adele spesso incerta, perplessa su molte cose e bisognosa di riscontri e conferme, Anissa spregiudicata, sicura di sé e spesso stupita per le incertezze dell'amica.

«Ho come l'impressione che Adele cerchi una figura femminile di riferimento. Forse non avere mai conosciuto la madre l'ha segnata». Commentò Emma.

Laia annuì: «Ci puoi giurare. È dura passare dall'orfanatrofio ad una famiglia in cui l'unico a volerti bene è un fratello maschio che ha dieci anni più di te».

«Da quanto ho capito ascoltando mia zia, anche con le amiche non riusciva ad aprirsi molto. Stava sulla difensiva forse perché viveva in un ambiente che non le era del tutto congeniale. Fidatevi, il mio non è un mondo clemente con chi è anche solo un po' fuori dallo schema. Chi è ricco e privilegiato da generazioni non ammette il diverso. Credimi, Laia, per me e Heidi non è sempre facile».

Daisy aveva pronunciato queste parole quasi con vergogna. E Laia per la prima volta le rispose gentilmente: «Forse. Ma non è facile sai, per una come me accettarlo. Riesco a vedere solo il privilegio. Non posso farci nulla».

«Ok, però adesso dividiamoci i mesi». Emma aveva fretta di vedere risultati.

Lessero per un paio d'ore in silenzio. Ad un tratto Daisy le interruppe. «Sentite questa lettera:

" Non lo so cosa mi capiterà. Quando ci siamo viste ti ho spiegato che intenzioni avevo; l'Europa sarà il mio alibi. E a quel punto l'unico mio obiettivo sarà arrivare al termine, in un luogo che mi appartiene e cui appartengo, certa che sarò circondata da gente che veglierà su di me. Quel giorno mi hai chiesto che sarebbe stato di me dopo. Non lo so. So che Edward mi appoggerà sempre, ma so anche che dopo sarò una persona diversa. E deciderò allora. Mi chiedi se sono felice. Sì, lo sono. Ma sai anche che avrei voluto un finale diverso per questa storia."

«Cosa dite?»

«Leggiamo le lettere successive...» Emma sentiva che forse erano approdate a qualcosa. Si divisero i giorni successivi.

Laia lesse a voce alta un altro passaggio.

"Vienimi a trovare quando sarò là, per favore. Ho un po' paura, e forse è inevitabile. Non c'è bisogno che te lo ripeta, ma tu sei la sola a sapere. Ti mostrerò le mie colline e faremo delle passeggiate."

«È l'ultima. Non c'è altro».

Emma cominciò a pensare a voce alta: «Anche nella mia dice cose analoghe. L'impressione è che si riferisca al luogo in cui vuole andare, e, se parla delle sue colline, mi sembra chiaro che in Europa non c'è mai andata, o ci è andata per poi rientrare e far perdere le sue tracce . Un po' lo sospettavamo».

«Ma dove può essere andata una che non ha famiglia?» Chiese Laia.

Daisy seguì il ragionamento delle altre due: «Nell'unico luogo in cui poteva sentirsi a casa».

Silenzio. «Ma non lo capite?» Continuò. «È andata a partorire nell'orfanatrofio in cui è nata. Scusa Emma, ma non hai detto che in quel luogo facevano partorire le ragazze madri?»

«Sì, mi sembra...qualche cosa del genere».

«E allora è là che dobbiamo andare se vogliamo sapere che fine ha fatto... Siete convinte anche voi che stia parlando della sua gravidanza?»

«Sì, direi di sì. – Commentò Laia.

Emma era silenziosa: «Sapete cosa credo? Che lei volesse fortissimamente quel figlio».

«Ma mi sembra anche che volesse dirlo a lord Edward, dopo... almeno sembra». Daisy era perplessa

«E allora perché non lo ha fatto? A me dà l'idea di una che dice "Partorisco e poi vedrò." Rispose Emma.

«Aspettate. C'è una cosa che mi ha turbato, in una delle ultime lettere. Adesso ve la leggo. – La interruppe Laia. –Ascoltate».

"È la pressione, che mi preoccupa. Non scende; a volte mi si gonfiano i piedi, ma non me la sento di interpellare qualcuno. Il motivo lo sai."

Laia guardò le amiche. «Secondo me non stava bene per colpa della gravidanza. Può essere significativo?»

Emma alzò le spalle: «Forse. Ma sicuramente si sentiva sola, e non poteva rivolgersi neppure ad un medico. Che idiozia le convenzioni. Comunque è indicativo del fatto che aveva bisogno di andarsene da Walden e mettersi nelle mani di qualcuno fidato. Dobbiamo capire qualche cosa di più su quell'orfanatrofio, se è vero che è andata a nascondersi là. La mia bisnonna ci lavorava, e mia nonna lo conosce bene».

«Andiamo da tua nonna, dai». Daisy era così convinta di avere ragione che non stava più nella pelle.

Entrarono di nuovo nell'ufficio di Leda, che era sempre intenta al suo lavoro sul manoscritto. Le raccontarono ogni cosa; Leda era colpita, ma meno di quanto Emma di aspettasse.

«La vostra supposizione è ragionevole. Le ostetriche di Cider House l'avrebbero accolta senza problemi, visto che era parte del loro lavoro. E poi alcune di loro, le più anziane, probabilmente la conoscevano dalla nascita. Cercherò di spiegarvi la natura di quel luogo. Allora non c'erano leggi che permettevano l'interruzione di gravidanza, e quindi luoghi come quello erano nati per aiutare le ragazze "nei guai", come si diceva allora; solo in seconda battuta fungevano da orfanatrofi. Infatti c'era posto per pochi bambini, e la maggior parte riuscivano a darli in adozione. Ma le ragazze madri, e questo era il bello di Cider House, trovavano persone che si occupavano di loro per tre o quattro mesi, perché spesso la famiglia non le voleva più. Ancora più spesso erano loro ad essersi allontanate volontariamente. Adesso di certi temi si parla, e la contraccezione nelle famiglie non è più un argomento tabù; ma allora c'erano ignoranza e perbenismo. Per questo Cider House non era una istituzione pubblica, ma sopravviveva grazie alle donazioni di alcuni generosi benefattori. Anche chi ci lavorava lo faceva perché riteneva di avere una missione. Mia madre, che allora lavorava lì credo da tre o quattro anni, era una di quelle idealiste. E come lei anche il pediatra che lavorava con lei e si occupava dei bambini. Sapete che i primi anni della mia vita io li ho passati lì, insieme ai piccoli ospiti? Noi ci abitavamo. Dopo la morte di mio padre, che non ho neppure conosciuto, mia madre pensò fosse più comodo».

«Davvero lei non ha conosciuto suo padre?»

«Già. Mio padre era pompiere, e morì durante un incendio terribile mentre mia madre era incinta. E così io sono diventata un po' figlia del dottor Lacroix, il pediatra dell'orfanatrofio».

«Guardate, c'è un targa rilasciata dal Comune che ricorda il mio bisnonno e il suo gesto di eroismo, qui nello studio di nonna». Disse Emma orgogliosa, indicando un quadro alla parete.

«Affascinante», commentò Laia «E l'orfanatrofio quando è diventata clinica?»

«Io avevo circa dodici anni. Mia madre continuò a lavorarci, ma non potemmo più abitarci e venimmo qui in città. Ma non penso che tutto questo c'entri con Adele. Cioè, come già ho detto ad Emma, mia madre la conosceva, come molti a Walden, però non mi ha mai parlato di una sua permanenza a Cider House. Tenete conto però che aveva il dovere della riservatezza, nel suo lavoro».

Le ragazze rimasero in silenzio per un po', ma poi Laia, da buona giornalista, cominciò a pensare a voce alta.: «Aspettate... io so che i documenti archiviati sono visibili dopo cinquant'anni. E quindi quelli dell'orfanatrofio ora sono sicuramente accessibili. Se li consultiamo forse può emergere qualche cosa... Lei sa dove sono?» Chiese rivolgendosi a Leda.

«Ma... credo all'archivio di Stato di Walden. Per legge devono essere stati depositati lì. Adesso però ragazze, io mi faccio del tè. Ho mandato l'usciere da Maggie a prendere un po' di dolci. Se mi volete fare compagnia...»

Le ragazze non se lo fecero ripetere e si trovarono in men che non si dica ad un tea party improvvisato sul tavolinetto di Leda. Rinfrancate dallo spettacolo delle meraviglie di Maggie fecero onore alla fama dei suoi dolci. Leda aveva fatto comperare delle piccole apple pie e delle sacher torte grandi come una noce.

«Dio, non riesco a resistere. Sapete che mia zia Petunia mi ha sgridato perché ingrasso? – Daisy rise mangiando con gusto. – Grazie tante, lei appartiene al ramo magro della famiglia. Ma è un tipo incredibile... Quando sono andata a chiederle di Adele abbiamo chiacchierato un sacco. Non sopporta mia madre, perché dice che è una sciocca vanesia. E parlando di lei ha detto, col suo vocione, "La sola volta che tua madre mi ha dato retta è stato quando le ho fatto notare che era ora di sostituire il tanga con le mutande contenitive."... Stavo per morire dal ridere. E pensavo alla faccia di mia madre».

Le ragazze risero. E Leda assentì: «Sì, Petunia è una donna straordinaria. Ha sfidato più volte le convenzioni, ignorando anche la sua famiglia. Se mi permetti, Daisy, credo che ora sia diventata la decana della vostra famiglia solo perché ha il bernoccolo degli affari e tiene lei i cordoni della borsa. Altrimenti avrebbero trovato il modo di ostracizzarla».

Daisy la guardò stupefatta: «Non ne sapevo nulla...».

«Non spetta a me raccontarti i fatti della tua famiglia, cara. Ti consigliò solo di frequentarla di più finché sei ancora in tempo perché è una gran donna».

Il pomeriggio successivo, dopo la scuola, le tre ragazze si recarono di buona lena all'archivio di stato di Walden. Era un locale austero e pieno di studiosi che consultavano i documenti del passato glorioso della città. Gli archivisti, che sembravano anziani come le carte che conservavano, le guardarono in malo modo, perché di rado delle studentesse quindicenni vi mettevano piede.

L'archivista capo, il dottor Bartholomew, era un personaggio molto popolare, erudito locale a capo di ogni mostra e convegno che avessero al centro la storia antica e recente della città. Aveva più o meno l'età di nonna Leda, e portava con orgoglio una chioma bianca sempre spettinata, che faceva da divertente contrasto con due sopracciglia da sparviero ancora molto scure. Gli occhi neri brillavano sempre di curiosità e divertimento, anche quando fingevano di essere seriosi e burberi. Emma lo aveva visto molte volte a casa della nonna, di cui era un amico molto caro. Ma in quel momento sperava di non essere riconosciuta, perché un po' di incognito non guastava, vista la delicatezza della loro missione.

Così decise di mandare avanti le amiche restando nascosta dietro di loro. E Laia partì all'attacco, rivolgendosi proprio al dottor Bartholomew.

«Salve, vorremmo consultare le carte dell'orfanatrofio Cider House del 1954».

«E per cosa vi servono di grazia?» Chiese l'archivista capo, con la faccia aggrottata e teatralmente sospettosa, come se avessero chiesto di esplorare la caverna di Alì Babà.

«Ci servono per una ricerca. Dobbiamo far un'analisi statistica sulle nascite». Laia non aveva trovato una scusa migliore.

«In un orfanotrofio?»

«Certamente. Il nostro insegnante di scienze vuole farci analizzare il fallimento della politica contraccettiva negli anni cinquanta».

«Però! Complimenti. Il vostro insegnante è davvero illuminato. Bene, allora, mi dovete compilare la richiesta trascrivendo gli estremi archivistici del fondo che vi serve». E consegnò loro un librone polveroso con la scritta "Fondi archivistici, anni 1950 – 1970".

Laia lo guardò in attesa di una risposta. L'uomo le sorrise più bonario: «Scommetto che adesso devo spiegarvi cosa sia un fondo archivistico».

E Laia raccolse la sfida: «Guardi, facciamo finta, ma solo per assurdo, che non lo sappiamo. Ce lo spieghi come lo spiegherebbe al suo golden retriever».

«Al mio pointer, semmai. I golden retriever sono cani troppo stupidi. – E ridacchiò. – Comunque, spiritosa signorina, un fondo raccoglie un gruppo di documenti tutti legati ad un'unica istituzione. Son divisi in serie, cioè sottogruppi omogenei di documenti. Mi segue?

«Diciamo che ci sto provando».

«Bene. In questo volume trova il suo fondo, diviso per serie. Mi copi i numeretti che sono a fianco delle serie elencate e avrà le chiavi per accedere al suo scrigno di Pandora. In questa pagina», e aprì il librone davanti a loro «trovate le serie che vi servono. Immagino che vorrete i registri delle partorienti, giusto?»

«Esatto!», dissero tutte e tre in coro, eccitatissime.

Le guardò ancora, e questa volta si accorse di Emma. «Però! Che entusiasmo per una ricerca scolastica! E buongiorno a te, Emma. È inutile che ti nascondi».

La sua faccia e il tono della sua voce sembravano dire che non credeva affatto alla storia della ricerca scolastica. Emma pensò "Sa tutto". E poi "Ma no! Sono paranoica!". Però sorridendo come una brava bambina rispose: «Salve, dottor Bartholomew».

«Allora buon lavoro. Eccovi il volume con le indicazioni».

Dopo una controllata ai dati che servivano, le ragazze restituirono il modulo compilato.

«Ottimo. Sedete pure lì che vi porto tutto». E indicò un tavolone in legno con una panca preistorica.

Una volta sedute, Daisy guardò Laia inorridita. «Ma non potevi farti venire in mente qualcosa di un po' meno sconcio? La politica contraccettiva?»

«Sconcio? Ehi, Daisy, ma tu ci sei rimasta, agli anni cinquanta. Sei sicura di essere nata nel secolo giusto?»

«Ssst, zitte! Ci guardano». Emma fibrillava.

«Per le signorine del liceo!» Un addetto sbatté sul tavolo un enorme faldone polveroso.

«Grazie. Gentilissimo». Laia era tutta sorrisi.

«Ok, qui sono divisi per mesi. Quelli che ci interessano sono quelli successivi alla scomparsa. O almeno successivi alle ultime lettere. Guardiamo da giugno in poi». Propose Emma

«E cosa dobbiamo cercare?» Chiesero le altre due.

«Io mi appunterei tutti i nomi delle partorienti. Che ne dite?» Sempre Emma.

«Ok». Entrambe erano perplesse. E Laia obiettò: «Non ti aspetterai mica di trovarci scritto "Filò Adele, scrittrice in fuga", vero?»

«No, ma non ho una proposta migliore. Tu ce l'hai?»

«No, ovviamente».

«E allora meglio un'idea stupida che nessuna idea».

Dopo un'ora avevano consultato già quasi tutto il materiale. I nomi erano effettivamente pochi: quattro per il mese di gennaio; sette per febbraio, dieci in marzo».

«Corinna Marias!» Gridò quasi Emma mentre guardava i nomi del mese di marzo, che Daisy ave appena trascritto dal suo documento. «EmBé?»

«È lei. È Adele. Corinna Marias è la protagonista del suo primo romanzo, "L'ultimo autunno." Non può essere una coincidenza. Oh, cavolo. Speravo proprio in una cosa del genere. Gli scrittori non riescono a non lasciare traccia di sé, neppure quando sono in incognito».

Laia si sporse verso il documento: «Aspetta. Cosa c'è scritto del bambino?»

Emma mise a fuoco i dettagli: «Nulla. Negli altri c'è il sesso, il peso, e se è stato adottato. Qui c'è solo un asterisco. Oh dio mio. Ecco la legenda sotto. "Non sopravvissuto"».

«No! Fammi vedere» Daisy sembrava non volerci credere. Prese in mano il foglio e lo lesse. Poi guardò le amiche addolorata, e a voce bassa: «Non c'è alcun erede, allora...Ma porca vacca. Su ventidue bambini nati in tre mesi proprio quello?» Sembrava offesa.

Laia era impaziente, invece. «E della madre? Ci sarà scritto qualcosa...».

«Nulla. Anche perché qui si registrano solo i parti». E tutte tre riguardarono le pagine che avevano davanti.

«Dio, che delusione». Si lamentò Daisy con voce di pianto.

Si misero a pensare, ognuna per conto proprio. Poi Emma sottovoce commentò: «Bé, la ricerca è finita. C'è poco da dire. Aldilà del dolore per la sorte di Adele, che però da questo momento in poi purtroppo non ci interessa più, adesso sappiamo che non c'è nessuno a raccogliere l'eredità Havisham».

«Scusa Emma, però non si spiega la clausola del testamento. Sembra che il lord fosse davvero convinto di avere eredi da parte di Adele».

Emma ciondolò la testa con amarezza: «Temo che sia un trip che ci siamo fatti noi. Evidentemente lo ha scritto per eccesso di zelo».

«No. Non lo accetto». Daisy era imbufalita. «Arrivare fin qui, trovare addirittura la prova che Adele è stata davvero a Cider House e poi non concludere niente?»

Laia per una volta non polemizzò. «E cosa proponi?» Chiese svogliatamente.

«Non lo so...anzi, lo so. E quella Perez? È ancora viva? Sapeva qualcosa? Sentite, prima di abbandonare la partita del tutto io proverei almeno quella strada».

Laia le piantò un dito davanti agli occhi: «Vorresti cercare una traduttrice che sta a Charming City e che se è viva ha più di novant'anni? Ragazze... odio fare la parte della donna con i piedi per terra, visto che non lo sono, ma non vedo a cosa possa servire cercare ancora».

«Riconsegniamo le carte e andiamocene. Stiamo dando troppo nell'occhio». Sussurrò Emma. E si diresse al bancone.

«Già fatto?» chiese Bartholomew.

Emma lo guardò tristemente: «Sì. Purtroppo non abbiamo più nulla da guardare».

«Mi sembri un po' troppo abbacchiata per una che cercava solo dei dati statistici».

«Non se l'è bevuta, eh?»

«Neanche un po'. – E rise sommessamente. – Se avete bisogno della mia conoscenza enciclopedica, comunque, sono a disposizione. Fra cinque minuti finisco il turno. E credo proprio che Maggie abbia appena sfornato i kipfel. Usa la ricetta originale della pasticceria Demel di Vienna». Le fece l'occhiolino e la guardò. E proseguì: «Io vado a sedermi là. Se volete farmi compagnia...».

«Potemmo essere interessate». rispose Emma pensosa.

All'uscita Emma provò a convincere le amiche a raggiungere l'archivista capo nella pasticceria di Maggie. Daisy sulle prime declinò l'offerta; sembrava inconsolabile. Laia invece accettò, curiosissima di parlare con un personaggio che si preannunciava interessante. Contagiata dall'entusiasmo di Laia, anche Daisy si accodò, se pure titubante.

Così raggiunsero Bartholomew da Maggie. La pasticceria era un piccolo locale color crema, con rifiniture e stucchi che sembravano di meringa, pochi tavolini con poltroncine di vimini foderate di cuscini leziosissimi color albicocca. Dietro il bancone dei dolci stava Maggie, una signora bionda come il grano (grazie alla mano di un abile parrucchiere), dal seno prosperoso e dal vitino (quasi) di vespa, che portava con orgoglio due trecce acconciate a circondarle il viso come un nastro per capelli. Neanche a dirlo, l'abbigliamento della padrona era intonato al locale: una blusa attillata color albicocca e una gonna color crema stretta in vita e sui fianchi. Le donavano molto, nonostante qualche chilo di troppo e un'età non più verde. Emma pensò che dovesse avere più o meno gli anni di sua nonna.

Atticus Bartholomew stava chiacchierando con la padrona davanti al bancone, con la confidenza di due persone che si conoscono da molti anni. Appena le vide fece loro cenno di avvicinarsi: «Maggie, le signorine sono mie ospiti. Servile di ciò che desiderano».

«Oh, conosco molto bene queste fanciulle. E so che faranno onore alla mia arte pasticcera. Benché tuo padre, Emma, cerchi di carpire i miei segreti, sono ancora più brava di lui».

«Tranquilla, Maggie. Lui sa di essere solo un dilettante».

Dopo aver scelto le ragazze si avviarono al tavolino di Bartholomew seguite da Maggie che portava un piatto di Kipfel all'albicocca, un bricco di cioccolata e uno di tè. Il tè era per l'archivista, ovviamente.

«Allora mie giovani investigatrici. Chi di voi tre è Jupiter Jones?»

«Chi?»

«Già. Siete troppo giovani per cogliere l'allusione. Quando eravamo ragazzi leggevamo thriller per adolescenti che avevano per protagonisti tre ragazzi, "i tre investigatori". Il più intelligente dei tre si chiamava Jupiter Jones. Aveva una mente logica sopraffina, anche se era quello che adesso voi definireste un nerd. Tutti abbiamo giocato ai tre investigatori, da ragazzini. Perché sono certo che voi tre non dovevate preparare nessuna ricerca».

«Era abbastanza ovvio, eh?» Chiese Laia.

«Sì, ma nella mia deduzione sono stato anche avvantaggiato da una certa conoscenza dei fatti, data la mia assidua frequentazione di Leda. Cercavate tracce di Adele, vero?»

«Già». Rispose Daisy. Che continuò, incoraggiata dallo sguardo intelligente dell'uomo. «E non solo non abbiamo trovato nulla, ma forse abbiamo anche smesso di cercare».

«Un secondo, Daisy». Laia la fermò. «Lei è amico di madame Swan, ok, ma non è che questo la garantisca. Chi ci dice che si terrà per sé quello che le diremo?»

«Nessuno, mia cara. Sta a te deciderlo. Se non ti fidi puoi finire il tuo kipfel e amici come prima. Oppure puoi chiederti perché vi ho invitate qua. Sono curioso per natura, è vero, non lo nego. Ma forse sono anche in grado di aiutarvi».

Così le ragazze riferirono i risultati disastrosi della loro ricerca, e con sollievo.

Bartholomew si accarezzo le sopracciglia e commentò: «Potrebbe essere così, in effetti. Un bambino nato morto, e fine della storia. Ma adesso vi faccio una domanda. Non vi sembra che in questa faccenda ci sia un particolare che stona?»

«Cioè?» Laia non perdeva un sillaba.

«Bé, sto ragionando a voce alta, badate. Ma se il bambino non c'era più, perché Adele non è tornata dal fratello? Il dolore era grande, è vero, ma nessuno le impediva di rientrare a casa. Se, come dite, scriveva che avrebbe raccontato tutto a lord Henry, perché non lo ha fatto?»

Laia obiettò subito: «Mi scusi, ma noi non possiamo correre dietro alla vita di Adele ora. Abbiamo una fretta dannata, e se l'erede è morto, siamo costrette passare oltre e a concentrarci su... ehm... altri aspetti della nostra battaglia».

«Vero, ma questa incongruenza forse vi riguarda. Non avete pensato che se Adele aveva voluto far perdere le proprie tracce, la cosa migliore era far perdere anche quelle del bambino? E che il luogo migliore in cui farlo era quell'orfanatrofio in cui lei era amata come una figlia?»

Emma provò a rispondere: «Guardi, io ci ho pensato, ma solo perché non mi voglio rassegnare all'idea che questa sia una pista senza sbocco».

«Prima di dirlo fate un estremo tentativo. È l'ultima cartuccia che potete sparare».

Le ragazze rimasero in silenzio per un po', poi Laia guardò negli occhi il loro interlocutore e sparò: «Lei dice questo perché fa delle ipotesi, o perché sa delle cose e non ce le vuole dire? Perché se sa qualcosa, è il caso che ce lo dica e subito. Il tempo non è dalla nostra».

«Non so nulla su questa storia nello specifico. Ma so alcune cose su Cider House; per questo fatico a credere a quanto avete trovato. Aspettate un minuto per favore». E si avviò al bancone a parlare con Maggie. Poco dopo si risedette e comunicò loro: «Maggie ci concede qualche minuto del suo tempo».

Le ragazze non fecero in tempo a chiedere spiegazioni che Maggie si sedette al tavolino accanto a loro.

«Eccomi qua. Volevate sapere di Cider House?»

«Sii esaustiva, Mag, perché queste ragazze non sanno del tuo legame con quel luogo».

«Ok, finché non entrano clienti... allora, mia madre lavorava là come ostetrica. Io sono un po' figlia di quel luogo, esattamente come tua nonna». E sorrise a Emma «Ci conosciamo da allora, io e Leda, e lei addirittura ci ha abitato, come forse saprete. Mia madre è ancora viva, anche se purtroppo è un po' svanita. Insomma, ha novant'anni e non ci sta molto con la testa».

«È vero come mi hai detto che tua madre si è sempre vantata di non avere perso nessun bambino?» La incalzò l'archivista.

«Oh, sì, eccome. Lei e la mamma di Leda, diceva sempre, erano la miglior coppia di ostetriche della regione. Diceva che per le madri non sempre aveva potuto fare miracoli, perché la gravidanza a volte segue vie misteriose, e neppure un bravo medico a volte riusciva a salvarle. Ma i bambini li ha sempre fatti nascere sani. Alcuni poi si ammalavano subito dopo la nascita, ma questa è un'altra storia, ovviamente».

Poi si rivolse a Emma: «Tu sai, vero che la tua bisnonna è morta molto giovane? Leda aveva solo vent'anni quando perse la madre: un incidente nella notte, mentre andava da una partoriente. E al suo funerale vennero tutti i bambini che lei e mia madre avevano fatto nascere, alcuni addirittura con i loro figli. Fu molto commovente».

«Mia nonna non me lo ha mai raccontato».

«Non mi stupisce. Leda non ama mostrarsi vulnerabile, e quando ricorda quei fatti lo diventa. Ma quanto all'altra cosa, non perdevano un parto, credimi. E se ne vantavano dicendosi a vicenda che erano due streghe in grado di comunicare con il feto dentro la pancia del madre. Scherzavano, ovviamente. Ma erano orgogliose della loro professione».

«Senti, Maggie» chiese Daisy timidamente «È possibile parlare con tua madre?»

«Sì, se è in giornata buona vi risponde a segno. Vive nella casa di riposo sulla collina».

Emma incalzò: «Tu non l'hai mai sentita parlare di Adele Swan?»

«No, cioè so solo che era stata un'orfana di Cider House. In casa non si è mai detto più di questo, però. Opps, arrivano clienti. Comunque, se avete domande da farle sull'orfanatrofio, avverto la casa di riposo. Potete andare a trovarla quando volete. Adora ricevere visite. Se volete un consiglio portatele dei cioccolatini, di nascosto dalle infermiere. Non spaventatevi, però, se vi scambia per qualcun altro, però. Ogni tanto chiude le porte del presente e si rifugia nel passato. Dice che è il privilegio dei novantenni».

Dopo essersi congedate da Bartholomew le ragazze confabularono per un po' e commentarono l'incongruenza fra le parole di Maggie e i risultati delle loro ricerche. Erano tutte e tre convinte che valesse la pena andare a trovare la vecchia signora; la sola a nutrire speranze in quella visita, però, era Daisy. Le altre due non si facevano illusioni e avevano la mente più proiettata verso il flashmob e la sua organizzazione.

Dopo i saluti Emma tornò a casa, dove trovò la madre intenta a cucinare per entrambe, cosa alquanto rara, ma molto gradita. Le raccontò tutto, e naturalmente Pernille convenne con la figlia che le ricerche dell'erede potevano dirsi terminate. Entrambe si augurarono che Bartholomew non andasse in giro a parlare. Se qualcuno avesse rivelato al sindaco le conclusioni a cui erano arrivate, Maldonado avrebbe potuto obbligare il curatore testamentario a dichiarare chiusa la ricerca. E la vendita di Villa Havisham sarebbe stata inevitabile.

Dopo cena Emma telefonò al padre per aggiornarlo, e poi alla nonna, a cui però non raccontò subito di Bartholomew e di Maggie. Leda sembrava stupita, più di quanto volesse palesare.

«Che finale imprevedibile». Disse solo. Ma sembrava deconcentrata, o distratta.

«Bé, allora ti racconto la seconda parte». E l'aggiornò sul resto.

Leda reagì con sollievo: «Meno male! Atticus ha fatto bene. A me mia madre non ha mai raccontato molto del suo lavoro perché come sai è morta troppo presto, ma sono convinta che la mamma di Maggie dicesse la verità. Entrambe erano grandi professioniste».

«Quindi tu dici che potrebbe essere stato manipolato il registro delle nascite?» Emma era sinceramente stupita, perché all'ipotesi di Bartholomew non aveva dato molto credito. Il fatto che la nonna, scettica e razionale com'era, vi desse peso, non l'aveva previsto.

«Nulla di più facile. Mia madre per una causa che riteneva giusta era disposta a contravvenire allegramente alla legge. E la madre di Maggie, che era sua amica fin dai tempi della liceo, era esattamente come lei. E laggiù erano loro a compilare i documenti da inviare all'amministrazione comunale. La quale non veniva certo a controllare. Tieni anche conto che molte delle madri partorivano sotto falso nome, laggiù, e nessuno chiedeva loro i documenti».

«E non trovi strano che Adele abbia scelto un nome che qualcuno avrebbe potuto riconoscere?»

«Chi, scusa? I suoi lettori? Ma andiamo! E poi era coerente con la personalità di Adele Filò. Era ossessionata dal timore di non lasciare un segno di sé; avrebbe lasciato un indizio anche a costo di rischiare. In quanto orfana, temeva la perdita dell'identità più di ogni altra cosa. È il tema dominante di quasi tutti i suoi romanzi. E se ci pensi ha scelto proprio il personaggio più autobiografico fra quelli che ha creato. E il più sfortunato. Se ricordi, Corinna Marias muore, alla fine del romanzo. E questa cosa mi turba».

«E a cosa attribuisci questa scelta?»

«Non lo so, ma temo che non sia casuale».

«Mi fai venire i brividi».

«Scusa... è che sono turbata: vedi, io ho sempre evitato di cercare risposte perché pensavo che se qualcuno sceglie di sparire ha il diritto di essere lasciato in pace. Ma ora mi chiedo se Adele scelse davvero, come credevo, o se le capitò qualche cosa».

«Da come la stai mettendo, però, si tratta di qualcosa che si aspettava. Sennò perché scegliere Corinna Marias?»

«Anche per questo non abbiamo risposta».

«Allora pensi che la madre di Maggie potrebbe darci delle risposte?»

«Sì, penso valga la pena di tentare. Come sai sono sempre stata scettica su questa cosa, ma ora non posso far a meno di chiedermi cosa sia successo veramente. Adesso però vai a dormire».

«Ok, nonna. Buona notte».

«Buona notte, cara».

Il giorno dopo, a scuola, durante la pausa pranzo, Emma e le amiche aggiornarono il gruppo sulle loro scoperte. Tutti ritennero necessario un supplemento di indagine, ma, scettici sui possibili risultati, convennero anche che la maggior parte del tempo andava impiegata per l'organizzazione del flashmob e per l'aggiornamento del sito.

A www.colporteurs era stato aggiunto un forum di discussione sulla creatività giovanile che i ragazzi moderavano a turno, dandosi il cambio. Ad aumentare gli accessi al sito erano intervenuti anche cinque amici fumettisti di Ethan, che avevano disegnato gratuitamente delle tavole per supportare la campagna per Villa Havisham; una volta pubblicate sul sito avevano attirato l'attenzione dei giornalisti e di molti appassionati, che la avevano stampate e trasformate in poster a sostegno della campagna. Erano tutti disegni a tema sulla libertà della cultura e sulla creatività minacciata.

C'erano però altre decisioni da prendere, perché per l'evento servivano un buon impianto e un pulmino per trasportarlo; Ari e Jakob li avevano, grazie alla loro band, e li misero a disposizione.

Fu necessario anche decidere l'abbigliamento per la giornata. Decisero di presentarsi tutti vestiti di rosso, colore che non poteva non dare nell'occhio. Infine, su proposta di Ari, si divisero i compiti per cominciare a diffondere la voce del flashmob senza indicare però né la data, né il luogo, per creare un clima di attesa: occorreva farlo prima su www.colporteurs, e poi, ognuno con i propri contatti, sui social network.

«Mi raccomando!» Sottolineò Ez «Deve essere chiaro che voi invitate i vostri contatti all'evento perché lo avete letto su *les colporteurs*. In questo modo chi ancora non conosce il sito sarà spinto a visitarlo, e chi sospetta che voi siate le menti dell'operazione verrà sviato».

Emma aggiunse un'ultima raccomandazione: «Solo le danzatrici amiche di Heidi dovranno sapere che siamo noi a capo di tutto. Heidi, le tue amiche quanto son affidabili?»

«Completamente, fidati. Ormai ci tengono troppo alla nostra coreografia per rischiare di far saltare la giornata».

Tutti annuirono soddisfatti e la seduta/pranzo fu tolta.

Ari, mentre uscivano dal bar, prese da parte Emma: «È ora di andare a fare il famoso giro di interviste agli abitanti di Walden. Ti va se andiamo tu e io?»

«Ma non doveva farlo Jakob?»

«Ha cambiato idea. Ma sono in grado anch'io di tenere la telecamera».

«Non ho dubbi. Ma ti ha detto perché non vuole più venire?»

«Boh, lo studio, forse. Non ho indagato, tanto non mi avrebbe risposto».

«Ok, se vuoi possiamo andare anche oggi. Per la scuola non ho molto da fare».

«Io non perdo mai molto tempo per la scuola. Sono uno che impara in fretta, per mia fortuna».

«Di solito anch'io. Intendiamoci: la scuola non mi fa impazzire, ma faccio quello che devo per potermi occupare di roba più interessante. In questo periodo, però, sono talmente distratta dalle nostre vicende che fatico a concentrarmi».

«Devi compartimentare di più».

«Che sarebbe?»

«Sfruttare il tempo dimenticando ogni altra cosa quando sei sui libri; e poi dedicarti a quello che ti interessa davvero dimenticandoti che la scuola esiste».

«Sì, ti ho capito. E credevo di essere capace... ma non mi era mai capitato di trovarmi di fronte a una cosa così grossa, con risvolti familiari. Devo riprogrammare la mia capacità di... compartimentare»

«È utile nella vita, sai?»

«Ok, grande e vecchio saggio. Grazie del consiglio. Ti va se ci vediamo fra un'ora qui davanti a scuola? Porto i libri a casa, così compartimento meglio».

«Mooolto divertente. A dopo».

Un'ora dopo Emma era all'appuntamento. Mentre aspettava Ari cominciò a darsi della stupida perché, con tutte le sue fisime sul corteggiamento, aveva fatto scappare Jakob. Sperava ardentemente che Ari non sapesse nulla delle loro conversazioni.

Ari arrivò poco dopo e propose immediatamente di andare a intervistare i passanti nelle vie principali della città. Emma acconsentì, e con l'attrezzatura avvicinarono per prima una signora che portava a spasso il cagnolino.

«Signora, possiamo farle qualche domanda per il giornale del liceo? Riguarda i fatti di villa Havisham. Lei sa cosa sta succedendo?»

«Certo. Chiedete pure. Leggo "La Voce", sapete. E sono una frequentatrice della biblioteca da molti anni. E faccio anche parte di un gruppo di lettura su Georgette Heyer. Ci troviamo due volte al mese, sa? La più giovane di noi ha sessant'anni, e la più vecchia ottantacinque. Siamo quindici, e c'è anche un simpaticissimo vedovo con noi.»

La signora sembrava un fiume in piena. Aveva una voglia matta di parlare della faccenda.

«E cosa pensa della decisione di vendere la villa?»

«Naturalmente penso che sia una porcata. Scusate il termine, ragazzi. Cosa si aspettano, che andiamo tutti a rintanarci in quei posti polverosi dove i vecchi giocano a carte, o a curling? Credono che siccome siamo vecchi siamo anche privi di curiosità, o di cervello? Ma lo sa che lo scorso anno abbiamo anche organizzato una festa in costume per il compleanno di Sherlock Holmes? Lo sa cosa credo? Che ci preferirebbero tutti al Bingo a buttare i soldi della pensione. Ecco cosa credo».

«Lei sa cosa vorrebbero fare nel luogo in cui ora c'è la villa?»

«Certo che lo so, sono vecchia, mica scema. Ci sono soldi che girano, e un posto come quello, in pieno centro, fa gola. E il sindaco, secondo me, si prende anche una bella mazzetta».

«Ma... di questo non ci sono le prove...»

«Ma a chi la danno a bere? Io leggo, sa, e leggo thriller. E la prima regola dei thriller è "segui i soldi". E se Maldonado ha detto sì a questa schifezza è perché ha il suo guadagno, in questa cosa». La signora agitava il braccio come se volesse prendere il sindaco a borsettate in faccia.

«Tagliamo la corda. Questa tra poco colpisce la telecamera». sussurrò Ari.

«Grazie mille, signora. Ci è stata molto utile». Si congedò Emma.

Mentre la donna si congedava, un signore altrettanto anziano con la faccia burbera si avvicinò non invitato e le disse: «Perché non te ne torni casa a studiare, ragazzina? Siete tutti dei teppisti, ecco quello che dico io. Ai miei tempi se gli adulti decidevano per me io obbedivo, non stavo a fare tutta questa polemica».

«Bé, almeno lasci che la intervisti». Gli rispose Emma con cortesia.

«Metti via quel coso, sai!» Indicò con un dito telecamera. E se ne andò borbottando.

Emma guardò Ari trattenendo una risata: «Bé, non immaginavo che la cosa si sarebbe fatta pericolosa. Hai girato, vero?»

«Ci puoi giurare. Nonno furente sarà l'idolo di youtube, domani».

Per fortuna dopo nonno furente ci fu un'oretta di interviste più tranquille. I soli a conoscere a fondo la vicenda e a solidarizzare con loro furono due ragazzi del liceo che sapevano tutto e visitavano spesso il sito di *Les colporterus* e due signori ancora più anziani della simpatica vecchietta che aveva aperto l'inchiesta. Anche loro con i loro racconti di club del libro e del club di musica sinfonica. La generazione dei padri invece non sembrava essere uscita di casa, quel pomeriggio.

Ma poi ne intercettarono uno, con borsa ventiquattrore e auricolare Bluetooth. Emma gli fece la classica domanda di apertura ("sa cosa sta succedendo a Villa Havisham?"). L'uomo ripose con voce stentorea e a petto in fuori, come un gallo al centro del pollaio. "Vuole che i passanti lo ascoltino", pensò Emma preoccupata e immediatamente infastidita.

«So che c'è un ampio movimento di persone contrario a questa decisione. Ma io penso che la conservazione dell'esistente sia sempre un errore. Sviluppo significa circolazione della ricchezza, e la ricchezza circola se possiamo fare scelte coraggiose senza tutta quella retorica sulla cultura. Vogliono cultura? Se la comperino». E intanto guardava dritto dentro la telecamera.

«E chi non se la può permettere?»

«Pazienza. Dovevano pensarci prima. Non può essere lo Stato o il Comune a bloccare delle risorse per loro. È la ricchezza a portare cultura. Se vogliono acculturarsi prima pensino ad arricchirsi. E poi tutta questa democrazia non fa mica bene alla cultura. La cultura deve essere per chi se la può permettere. E per chi la capisce. Per chi ha gusto, cari ragazzi».

«Lei si considera un uomo colto?»

«Certo che sì. Vado alle mostre, compro quadri d'autore che così posso contemplare nel mio salotto. E ascolto musica classica. Ma durante la settimana **IO** lavoro, e alla domenica mi posso permettere di nutrire la mente. Credetemi, è il buonismo a rovinare la società».

Emma non riusciva a farsi intimidire da simili personaggi, perché nei suoi anni a Charming City ne aveva conosciuti troppi, alle cene della madre. E lo incalzò ancora:

«Lei ha figli?»

«Sì, signorina. E so già dove vuole arrivare. I miei figli frequentano un istituto privato. E non hanno bisogno di ammucchiarsi a Villa Havisham a fare corsi di cinema e teatro di dubbia qualità insieme a dio sa chi fumando e bevendo dio sa cosa. La qualità delle frequentazioni è il segreto del successo».

«La ringrazio molto. È stato davvero esaustivo».

Mentre intervistavano questo signore così sicuro delle proprie idee se ne era avvicinato un altro, della stessa età, ma ben diverso come atteggiamento. Sembrava malinconico e quasi dispiaciuto per loro. Appena l'altro se ne fu andato le interpellò:

«Posso rispondere anch'io?» Chiese con dolcezza.

«Ma certo». Emma era stupita.

«La vostra battaglia è inutile ragazzi. Non potete lottare contro una concezione del mondo che privilegia l'interesse e il profitto. È vincente, e voi siete destinati a perdere. Perché alla fine, credetemi, se Trumpet andrà in giro a dire che Walden diventerà più ricca con questo progetto, la gente tiferà per Trumpet.

«Ma solo Trumpet si arricchirà. I cittadini staranno sempre peggio».

«Forse, ma al cittadino medio non interessa sapere la verità, gli interessa sentirsi dire ciò che gli fa comodo credere. C'è la crisi economica? E allora si convinceranno che questo nuovo cantiere combatterà la crisi economica. E se voi gli portate delle prove del contrario, non ascolteranno».

«E allora, scusi, non ha senso tentare nulla per convincere gli abitanti di questa città?»

«Non ho detto questo. Vedete, ragazzi. Il vostro dramma è proprio questo. Non potete non combattere, ma non potete vincere. È nelle cose».

«La ringrazio, ma spero che abbia torto». Gli rispose Emma.

«Cosa volete che vi dica... vorrei tanto avere torto. Comunque auguri».

Quando il signore si fu allontanato Emma guardò Ari e commentò: «Nichilismo allo stato puro. Non diventerò mai così. Piuttosto mi sparo prima».

«Io sto per spararmi adesso. Sta roba mi ha depresso, e non so chi avrei picchiato più volentieri dei due. Preferisco mio padre e il suo broncio».

«E io quasi quasi rivaluto mia madre».

«Senti, facciamo una pausa. Vieni a casa mia, che ci mangiamo qualcosa e ci prendiamo un caffè greco. Dopotutto sono le cinque. E poi decidiamo se proseguire o no».

Emma accettò subito. Era curiosissima di tutto ciò che riguardava Ari.

Camminarono per un po', e commentarono le interviste.

Ari era curioso dell'opinione di Emma: «Forza. Commenti!»

«Bé, penso che sia roba buona da mettere su sito, perché può solo fare arrabbiare. Ma mi spaventa un po' che certa gente non tenga per sé opinioni così impopolari».

«Intendi dire che invece di sbandierarle dovrebbero vergognarsene?»

«Qualcosa del genere. Significa che nci siamo minoranza, e forse ero convinta del contrario».

«Sì che lo siamo. Entra, siamo arrivati».

Aprì il cancello di una villetta bianca ad un piano, cubica, che pareva essere stata trasportata per incanto a Walden da una costa dell'Egeo. Il giardino era fatto di bassi cespugli di profumatissime erbe aromatiche, e i soli alberi erano ulivi nani. L'interno era luminosissimo, e sembrava gridare la nostalgia per altri luoghi. Ad accoglierli un enorme ambiente con tappeti, un arazzo a muro, una enorme libreria e una serie di meravigliosi oggetti di terracotta su mensole posizionate ad arte. La libreria e il mobile che la affiancava erano di legno intarsiato e sembravano avere secoli sulle spalle.

La donna che li accolse era bella da togliere il respiro. Capelli lunghi neri striati di grigio, alta e magra, e somigliantissima a Ari.

«Emma, immagino».

«Mia madre». Ari sorrise con un gesto della mano.

«Irene». Disse semplicemente la donna.

In un attimo furono seduti su un divano di legno e velluto con davanti meravigliosi dolcetti di miele, frutta secca e pasta fillo.

Accanto una specie di caffettiera, o bollitore.

Irene servì il caffè greco, speziatissimo e molto forte.

Mentre mangiavano e bevevano le mostrarono il materiale girato.

«Allora, qual è la vostra opinione?», chiese Irene sinceramente curiosa.

«Non lo so, mamma. Emma dice che per il sito vanno bene, ma io ho paura che siano controproducenti. I soli che ci danno corda sono gli anziani e i nostri coetanei. Ho paura che se lo mettiamo on line, il tizio con l'auricolare riceva un sacco di consensi. Dovremmo farne altre, ma ho paura di scoprire che a pensarla come quel tizio sono in tanti. Lo immaginavo, ma mi illudevo che la nostra opera di controinformazione un po' fosse stata utile».

«Ascolta, Ari. Tuo padre direbbe che bisogna combattere solo le battaglie che si è certi di vincere, ma io credo che si sbagli. Questa forse è una battaglia già persa in partenza, come dice il tizio che avete intervistato, ma voi dovete combatterla lo stesso, perché lascerete comunque un segno. E non piccolo, credimi»

«Ma lei Irene non pensa che sia tutto inutile, vero?» chiese Emma.

«Avete già vinto, credetemi. Qualunque sia la fine di questa storia».

Emma passò ancora un po' di tempo con loro. Ari prese il *bouzuki* e la madre uno strumento molto simile che si chiamava *baglamas* e le fecero ascoltare alcune melodie greche. Le raccontarono un po' di storia della musica popolare del loro paese, e Emma ascoltò affascinata. Irene le spiegò quale fosse il lavoro di un etnomusicologo, uno scienziato che pazientemente registra le musiche popolari trasmesse oralmente, le trascrive in tutte le loro varianti e se ne serve per comprendere le radici di un popolo e la sua cultura.

Era quasi ora di cena quando si congedò da quella curiosa coppia di madre e figlio così appassionati e curiosi; per un po' era riuscita a non pensare ai guai d Walden, alla Villa, ad Adele Filò.

6. Gran Finale

Meno due giorni al flashmob

Finalmente domenica. Emma uscì a correre per farsi una sudata e togliersi un po' di pensieri dalla mente. Aveva passato tutto il sabato fra gli ultimi preparativi del flashmob, ormai vicinissimo, e lo studio per prepararsi alla sfilza di test che avrebbe avuto la settimana successiva. Alla sera era uscita con Laia e Maiumi; erano state in cineteca a vedersi un film e poi avevano raggiunto Ez e Jakob in birreria. L'idea di vedere Jakob la innervosiva, perché avrebbe voluto chiedergli spiegazioni sulla sua defezione il pomeriggio delle interviste. Non che le fosse dispiaciuto uscire con Ari, anzi, adorava stare in sua compagnia, ora che aveva capito come trattarlo e che non aveva più soggezione della sua eccessiva seriosità. Seriosità che con lei, anzi, aveva abbandonato. Si era poi trovata così bene con Irene che le aveva promesso di tornare a trovarla anche senza Ari in giro per casa; le era rimasta però la curiosità del misterioso padre, che non aveva visto e di cui non aveva osato chiedere. "Ci sarà occasione", disse a se stessa.

Quel sabato, però, sapeva di dover parlare con Jakob perché non poteva permettere che restassero non detti fra loro. In birreria l'aveva salutata a malapena, ma la cosa non l'aveva distolta dal suo obiettivo: chiacchierata chiarificatrice.

Lo prese da parte, sedendosi al suo fianco. «Perché hai rinunciato a venire con me per le interviste? Credevo che ci fossimo chiariti».

«Se ti dicessi che ero impegnato non mi crederesti?»

«Forse sì. Ma perché non dirmelo? Non è da te».

«Volevo evitare una conversazione con te, Emma. Ma vedo che non posso esimermi».

«Esatto».

«Ok, ascolta. Tu mi piaci molto, ok? Oh, l'ho ammesso! Ma dopo quello che ci siamo detti ho pensato che fosse meglio così. Insomma, meglio prendere un po' le distanze, visto che tu non sei interessata».

«Oh, cavolo. Allora avevo avuto il presentimento giusto...».

«Sì, sei acuta. Brava!»

«Ma guarda che, insomma, non è vero che non sono interessata...».

«No, la verità è che tu preferisci Ari. E siccome lui con te sta molto bene, non ho nessuna voglia di fare il terzo incomodo. Mi serve solo un po' di tempo, e poi mi farò piacere un'altra ragazza. Non vorrei sembrare presuntuoso, ma le offerte non mancano, in giro».

«L'ho notato, non preoccuparti. Sei molto gettonato». Voleva fare la sostenuta ma non ci riuscì. «Oh, insomma. Io non preferisco nessuno, ok? Vorrei solo che stessimo bene tutti assieme, non mi piace quando saltano fuori queste cose».

«Ok, facciamo così. Ti prometto il massimo cameratismo e tenterò di trattarti come se fossi una sorellina, anzi un fratellino. Ma non ti garantisco di riuscirci».

Fu il massimo che riuscì a tirargli fuori.

E così quella domenica mattina ne aveva di questioni a cui pensare, mentre sudava correndo per il parco. Piacere faceva bene all'ego, ma dal canto suo la cosa finiva lì. Trovava carini e in gamba entrambi i ragazzi, ma aveva altro per la mente, il flashmob ormai imminente (mancavano solo due giorni, e l'ansia galoppava), le interviste da selezionare e caricare sul sito, i segreti di Adele, la scuola, il fatto che non aveva più tempo per scrivere e dipingere. Aveva voglia di fare delle cose e non voleva perdere tempo con legami e impegni. Era un cuore in inverno? Forse sì. Ma sapeva per certo che non aveva bisogno di esibire un ragazzo come un trofeo, e che per sua fortuna non aveva perso la testa per nessuno.

Tutto a suo tempo, si disse. E poi, con una ossessività che Laia avrebbe trovato malsana, si concentrò sul mistero di Adele, che la appassionava molto di più, al momento. Era ansiosa di parlare con la madre di Maggie, e non vedeva l'ora di andare all'ospizio. Era meglio farsi accompagnare da un adulto? Credeva di essere in grado anche da sola, ma sperava che Laia e Daisy l'avrebbero seguita.

Una volta a casa telefonò alle amiche per sapere cosa avevano deciso; Daisy si tirò indietro per timore. Emma era imbufalita:

«Ma come! Ci tenevi tanto...».

«Scusa Emma, ma se mi vede qualche amica di mia madre che è in visita a una parente poi mi tocca dare spiegazioni. E non sai come è fatta quella... Poi mi chiude in casa per il flashmob».

«Ok, ma quel cordone ombelicale bisogna che tu lo recida una volta per tutte». E chiuse il telefono delusa.

Laia le confermò invece che l'avrebbe accompagnata. Anche Ez voleva essere presente, cosa che a Emma fece molto piacere, perché si fidava del suo acume.

Così si accordò con Maggie per quel pomeriggio stesso, domenica, giorno di visite.

L'ospizio era in cima alla collina di Walden, in un luogo favoloso, con una vista dei boschi che rendevano giustamente famosa la città. I ragazzi l'avevano raggiunto con il bus che percorreva una strada panoramica fra le ville signorili; si godettero la gita e scesero pimpantissimi, guardando la bella villa stile neoclassico che ospitava la casa di riposo:

«Wow! Bella. Mica male questa casa di riposo. Quasi quasi ci faccio un pensierino. La signora Magda deve avere una bella pensione per potersela permettere».

«Dubito che Maggie l'avrebbe lasciata vivere in un ospizio lager». commentò Emma.

Entrarono nell'atrio, con una scatola di cioccolatini nascosta in una borsa e si fecero annunciare alla reception.

Un'infermiera dello staff li accompagnò riempiendoli di complimenti per il bel gesto che stavano per compiere, e si raccomandò di suonare il campanello "se la vecchia Magda avesse creato problemi".

«Mi scusi,» chiese Laia «ma ha anche dei momenti di lucidità?»

«Guardi che è lucidissima e ancora molto sveglia, però ogni tanto è altrove. È sempre felice di ricevere visite, ma è inutile che vi aspettiate di essere riconosciuti o cose del genere, perché ogni volta che vede qualcuno di nuovo decide lei quale parte dovrà interpretare nel suo film privato. È strano, per voi, forse, ma vi assicuro che vive molto bene nel suo universo, che è molto più interessante del nostro. Voi assecondatela. Non crediate che sia sempre così, però. Quando pare a lei torna in sé e riconosce tutti. E se volete la mia opinione è una gran bugiarda. Sa sempre dov'è e cosa fa. Ah i cioccolatini farò finta di non averli visti».

Mentre entravano Ez sussurrò un po' in apprensione: «Emma, prova a pilotare la conversazione, ok? Con dolcezza, però. Non farla andare giù di testa ok? Non sono abituato alle nonnine un po' matte. Mi fanno impressione.

«Taci». Gli sibilò Laia tra i denti».

Ma quella che si trovarono davanti non era certo una nonnina un po' matta. Davanti a loro stava una signora anziana un po' tondetta, con una splendida pelle, con i capelli bianchissimi acconciati in uno chignon e un elegante tailleur blu scuro. Sorrise in modo disarmante, e tese loro le mani.

«Che bello ricevere visite, miei cari. Ho fatto un po' di tè... E voi cosa mi avete portato?» Aveva una voce allegra e frizzantissima, quasi da ragazzina.

Ez, facendo il disinvolto, si fece avanti: «Salve madame Magda. Abbiamo un po' di cioccolatini per lei. Maggie ci ha detto che le piacciono».

«Mia figlia ha sempre troppe premure...».

Improvvisamente si bloccò e cominciò a osservare Emma. La ragazza, imbarazzata, cominciò a parlare.

«Salve, madame Magda. Sono Emma, la nipote di Leda, e questi sono i miei amici Ez e Laia. Maggie ci ha detto che lei ci potrebbe essere d'aiuto per una questione importantissima».

«Mia cara!» disse guardandola negli occhi e prendendole le mani «Come sei bella. Sei uguale a lei, identica».

«A mia nonna?...» Emma non sapeva cosa dire.

«No, tesoro. Alla tua bisnonna».

«Lilian?»

«Oh, no. Adele. Adele Filò è la tua bisnonna. Non è per questo che siete qui?

«Ma, veramente...

«Non siete qui per sapere la verità su Adele Filò e sua figlia?»

«Veramente parlando con Maggie non eravamo stati così specifici...»

«Oh, ma io vi aspettavo da molto prima, almeno un paio di settimane. Mia figlia non sa mica nulla. Mi aveva avvertita Petunia, che sareste arrivati fino a me».

«Chi è Petunia?» chiese Ez sottovoce a Laia.

«La zia vecchia di Daisy, ti ricordi?» Laia rispose in un respiro.

«Quella che diceva che Adele era incinta?»

La signora sentì e sorrise. «Sì, mio giovane pel di carota. Ma Petunia sa qualcosina di più di quello. E il resto lo sospetta. Ma siccome è la mia storia, e non la sua, si è ben guardata dall'aggiungere altro».

«Mi scusi,» la interruppe Laia «quindi il figlio di Adele non è morto durante il parto?»

«Bene, vedo che avete consultato le carte dell'orfanatrofio. Bé, abbiamo dovuto coprire le nostre tracce per un po'... comunque no, era viva e vegeta. Ed era una femmina. Che abbiamo chiamato Leda. Quella – e si rivolse a Emma – che tu conosci come Leda Swan, figlia di Lilian e Arno Swan, coraggioso capo dei pompieri di Walden».

«Credo di dovermi sedere». Rispose Emma, «ma mia nonna lo sa?»

«Certo che no, deduco, visto tutto quello che sta succedendo giù in città con il testamento Havisham».

«Senta, madame Magda, non è per mancarle di rispetto, ma lei non era...ehm ..un po svanita?» chiese Laia un po' confusa.

«È quello che crede mia figlia». E poi si mise a ridere gioiosamente.

Ez era allibito: «E perché glielo lascia credere?»

«Ho bisogno dei miei spazi, ho un reddito niente male e posso permettermi questo posto. Sono servita e riverita e posso uscire come e quando voglio. Le mie amiche sono quasi tutte morte, tranne Petunia, che viene a trovarmi due volte la settimana, e un altro paio che sono ospiti qui. Ma mia figlia aveva bisogno di tacitare i suoi sensi di colpa, così ogni tanto faccio la matta per farle vedere che ho bisogno di assistenza. È molto divertente. E credetemi, non perdo un colpo di quello che succede in città»

«Scusate, ma a questo punto avrei bisogno di sapere». Emma stava friggendo.

«Scusami, Non avrei dovuto dirtelo in questo modo. Ma ti aspettavo. E Stavo per decidermi a mandarti un messaggio».

«Aspetti. Ricominciamo da capo». si intromise Ez. «Noi eravamo venuti qui per sapere se Adele Filò ha avuto un figlio all'orfanatrofio...»

«Non un figlio. Una figlia»

«Che sarebbe mia nonna...» Continuò Emma.

«Sì, ma Adele è morta. Non abbiamo avvertito lord Edward perché ce lo aveva chiesto lei. Non voleva farglielo sapere. Ha preferito essere sepolta nel nostro giardino sotto l'Oleandro. Come potevamo negarglielo?»

«E la bambina?» chiese Laia, che non ne poteva più dalla curiosità.

La vecchietta guardò Emma. «L'abbiamo chiamata Leda perché ce lo aveva chiesto Adele» e fissò Emma negli occhi. «Io sono l'ultima rimasta, sono la memoria vivente di Cider House». Fece una pausa, prese fiato e poi ricominciò a parlare:

«Ma adesso vi prometto che procederò con ordine»

«Ok, e noi ci sediamo tutti. Vero ragazzi?» Laia prese un pouf, Emma una sedia e Ez una delle poltroncine di fianco al tavolino da tè. Calò un breve silenzio e Magda cominciò:

«Fu un inverno molto doloroso, sapete. Il marito di Lilian, quella che tu credi la tua bisnonna, era appena morto, e all'orfanatrofio avemmo una nevicata che ci mise fuori gioco fino all'inizio di marzo. Ci era già capitato, e avevamo provviste in abbondanza, latte in polvere e scatolette soprattutto... Ma Adele avrebbe voluto venire da noi già prima di Natale, sapete? Eravamo amiche per la pelle, quattro amiche inseparabili, io, Adele, Lilian e Petunia. Io e Lilian avevamo fatto la nostra scelta "femminista" qui a Cider House, Adele aveva la scrittura e Petunia aveva i suoi problemi con una famiglia che odiava, e occupava il suo tempo soprattutto a fare arrabbiare i suoi. Quando scoprì di esser incinta Adele non ne fece parola con Petunia, temendo che la obbligasse a fare qualche gesto eclatante verso lord Edward; Petunia in quel periodo frequentava artisti e viveva come una bohemienne per fare arrabbiare i suoi.

A noi Adele lo disse, della gravidanza, e voleva venire a nascondersi all'orfanatrofio, tanto più che ci era nata. Ma la grande nevicata impedì che ci raggiungesse, fino a marzo».

La vecchia signora non sembrava affatto stanca, anzi, era sempre più pimpante. E i ragazzi la lasciarono continuare dandole ogni tanto un sorso di tè.

«E fu questo forse a decretare la sua condanna a morte. Adele non si era fatta visitare per timore che le voci sulla sua gravidanza trapelassero. Allora non c'era neppure tutta l'attenzione che c'è ora, verso le donne incinte. Ma noi avremmo capito. E capimmo quando arrivò. Soffriva di gestosi, e di una forma grave. Provammo a fare il possibile, ma la sola cosa che potemmo fu indurre il parto in anticipo per salvare lei e il bambino, cioè tua nonna. Lei aveva capito, e ci chiese di occuparci della sua creatura se le fosse capitato il peggio; temeva la reazione dell'ambiente Havisham; le cugine e le zie che avevano accettato lei a malincuore cosa avrebbero detto o fatto? E lord Edward sarebbe riuscito ad accettare la bambina? Avrebbe dato retta alle orribili cugine e zie? Adele era terrorizzata all'idea che la sua creatura fosse messa in un istituto così come ci era finita lei. Così si fece promettere il silenzio, almeno fino alla maggiore età della bambina, e volle che Lilian, che aveva perduto il marito, prendesse la creatura con sé. Io, vedete, ero già incinta della mia Maggie. Ma lei era sola, e rischiava di non poter avere il figlio che aveva tanto desiderato dal suo amato marito. Vedete, la disgrazia della grande nevicata fu un bene, almeno per questo: nessuno potè mai vedere Lilian con il pancione. E il bello del nostro ruolo era che eravamo noi a registrare le nascite e le adozioni, in quel luogo. Registrammo la nascita della bambina come figlia di Lilian, e nel registro delle nascite producemmo un falso dicendo che la bambina di Adele non era sopravvissuta. Contemporaneamente, poiché Adele desiderava che la figlia venisse ufficialmente riconosciuta come erede Havisham, redigemmo una memoria scritta in cui raccontavamo tutta la verità, e il nostro pediatra la firmò come testimone. Adele, con le ultime forze che le restavano, firmò le carte per l'adozione, che Lilian ovviamente conservò. Alla fine, per la legge, sono queste carte che contano, non una piccola bugia sul registro dei nati. Eppure ci pesò moltissimo quella piccola bugia: non avevamo mai perso un bambino, mai. Alcuni morivano di qualche malattia congenita, ma mai a causa del parto. Io e Lilian eravamo una coppia di ostetriche con i fiocchi. Ma dovevamo far perdere le tracce e fugare eventuali domande, se ce ne fossero state. E soprattutto, non potevamo giustificare il numero dei bambini, se sul registro fosse stata registrata una nascita in più. Avremmo dovuto inventarci una famiglia di genitori adottivi. E se qualcuno avesse capito che si trattava di Adele? Lord Edward avrebbe voluto rintracciare la bambina. E Adele non lo voleva. Purtroppo, le cose non andarono come avevamo previsto. Lilian non potè mai mostrare le carte a Leda né dirle la verità. Doveva farlo al compimento dei 21 anni di Leda. Allora si diventava maggiorenni a 21 anni. Ma lei è morta troppo presto, e improvvisamente».

«Mi scusi, ma lei non ha mai pensato di dire a Leda tuta la verità?» Chiese Laia.

«Ci ho pensato, ma mi sono chiesta molte volte se fosse giusto o meno. E se Lilian per qualche motivo ci aveva rinunciato? Non era un argomento che amava sollevare, negli ultimi anni, forse perché Leda era tutta la sua vita...e io non chiedevo. E poi non sapevo dove fossero le carte. Comunque, sappiate che ho passato gran parte della mia vita a domandarmi se avevo fatto bene a tacere».

Laia era senza parole, Ez paralizzato dallo stupore e dalla curiosità, Emma sembrava pendere dalle labbra della vecchia Magda

«E secondo lei come potremmo fare a trovare le carte che provano le origini di Leda?»

Rivelazione

«Non lo so, ragazze. Dovete cercare fra le cose che Lilian ha lasciato a Leda».

Emma improvvisamente si accorse che la vecchia signora aveva parlato senza sosta: «Mi scusi, sarà stanchissima...»

«Un po', ma quanto ho desiderato poter raccontare tutto questo!»

Ez scuoteva la testa: «Fatico a comprendere. Ma se Adele avesse raccontato tutto al fratello sarebbe stato risparmiato tanto dolore a tante persone».

«Forse, ragazzo mio. Ma allora una gravidanza imprevista era un vero fardello. E poi Adele aveva il terrore di essere rifiutata per il suo errore. Credetemi, si sbagliava, secondo me. Edward non l'avrebbe mai fatto. Ma lei era schiacciata dalla riconoscenza per essere stata riammessa in quella famiglia. E neppure il fatto di essere ormai una scrittrice di successo poteva affrancarla dalla paura del loro giudizio. È triste, ma io e Lilian lo capivamo più di chiunque altro. Abbiamo cominciato ad aiutare le ragazze "perdute" perché proprio l'amicizia con Adele fin dall'adolescenza ci aveva aperto gli occhi: e l'ironia della vicenda è che lei fu vittima due volte, da figlia di enne enne e da madre. È una storia triste».

«C'è anche un'altra ironia. Anche mia nonna è stata genitore unico».

«Ma in altri tempi, e con il bagaglio di libertà e forza che le aveva trasmesso Lilian». commentò Magda con gli occhi lucidi. –Oh dio. Scusate questa povera vecchia. Ma a volte il passato è un fardello duro, e la memoria purtroppo non se ne va. Mi dimentico cosa ho mangiato a pranzo, ma ricordo ogni attimo di Adele, della povera Lilian, e della nostra storia comune».

In quel momento entrò l'infermiera. «Tutto bene? Mi dio, Magda, ma lei è in lacrime».

Magda reagì infastidita. «Bé, cosa può capitarmi, al massimo muoio, no? Sono vecchia, Marlene, è l'unico privilegio che ho è di farmi un pianto ogni volta che ne ho voglia...»

«Ok, passo tra dieci minuti. Ma per quell'ora i ragazzi devono essere usciti». E abbandonò la stanza.

Magda si rivolse a loro per l'ultima volta, con un sorrisetto: «Non crediate che non ci sarò domani, al vostro balletto, sapete? Petunia mi viene a prendere con la limo. E adesso andate. Dovete fare un discorso molto serio con Leda. Senza quelle carte i miei ricordi sono inutili».

Laia aveva un'altra curiosità: «Ma, il padre? Insomma, chi era il padre di Leda?»

«Adele fu irremovibile su questo. Non volle mai dircelo. E noi non insistemmo».

«Ok» Laia era determinata «ma almeno...sì, insomma. Fu un incidente di percorso o cosa? Adele amava quell'uomo?»

«Credo di sì. E credo che sperasse di potersi ricongiungere a lui, prima o poi. Ma si è portata con sé il segreto. Io allora mi facevo continuamente una domanda: come può quest'uomo non sapere di essere diventato padre?»

«E che risposta si è data?» Chiese Emma.

«Che lui non la volesse più, e che forse lei sperasse in un riavvicinamento dopo la nascita del bambino. Ma la faccenda più triste fu che a causa del silenzio di Adele non potemmo mai metterci in contatto con lui per fargli sapere che il bambino era nato e che lei non c'era più».

Per un attimo calò il silenzio. Magda sembrava davvero stanca, ora; i ricordi sembravano averla spossata. I tre ragazzi l'abbracciarono forte e uscirono dandole appuntamento per il flashmob.

Appena furono nel piazzale davanti all'edificio, Emma si abbandonò ad un pianto oceanico. «Scusate, ma è stato... insomma. Ho bisogno di piangere».

Gli amici la strinsero e stettero un po' in silenzio tutti tre aggrovigliati. Anche Ez aveva le lacrime agli occhi. «Dio! è stata l'esperienza più intensa della mia vita». commentò mentre si asciugava le palpebre con il dorso della mano.

Laia li guardò preoccupata: «Sentite, non vorrei pensaste che ho un cuore di pietra. È stato davvero wow, ma dobbiamo assolutamente trovare i documenti dell'adozione. Ha ragione Magda. Senza quella roba tutto ciò che ci ha raccontato è aria fritta».

Si interruppero per salire sul bus. Una volta seduta Emma incrociò le braccia davanti al petto e disse la sua: «Secondo me non dobbiamo raccontare nulla, almeno non a mia nonna, almeno fino a che non è finito il flashmob».

Laia alzò la voce: «Ma sei pazza? Abbiamo il tempo contato»

«No, perché se ci distraiamo dal flashmob non daremo il massimo. Non possiamo sapere dove sono finite quelle carte, e non possiamo passare i prossimi due giorni a cercarle. Dobbiamo finire i preparativi per il nostro happening e non possiamo distrarci. Secondo voi, se raccontiamo cosa sappiamo cosa succederà?»

Ci provò Ez a immaginare gli scenari: «Che tutti vorranno cercare i documenti dell'adozione. È ovvio. Se si prova che tua nonna è l'erede degli Havisham non c'è più bisogno di altro, né del sito, né del flashmob né dei *colporteurs*». E poi si fermò un attimo, per poi riprendere: «Abbiamo vinto senza combattere».

«E senza convincere nessuno», aggiunse Emma. «Dobbiamo fare come se tutto questa conversazione non fosse mai accaduta».

Laia stava per esplodere: «Ma voi siete matti. Ok tenere il segreto, va bene, ma solo per non distrarci dall'evento. Però quella roba va cercata. Scusate, preferite vincere o perdere? Serve avere una strategia di riserva! E noi, guarda un po', ce l'abbiamo. Guardate che il vostro Ari, che vi piace tanto perché è uno stratega, direbbe la stessa cosa».

Stettero un po' in silenzio. E poi Emma abbassò il capo: «Hai ragione. Ma devo prima parlare almeno con mio padre. Per favore, però! Teniamoci tutto per noi almeno fino a martedì».

«E tua nonna? Quando glielo dici?» provò a chiedere Ez.

«Non lo so, cavolo. Non è proprio una notiziola. "Sai, nonna, che tua mamma non è tua mamma, e che la tizia che hai studiato perché ti piacevano i suoi romanzi in realtà è la tua vera madre? E che è morta di parto dandoti alla luce? E tuo padre non ti ha voluta! Oh già, e sei diventata la padrona dell'ufficio in cui lavori." Bé. È un miracolo se non le viene una sincope».

Laia provò a confortarla: «Va bene, è un casino. Ma insomma, è anche una cosa bellissima. Non sei orgogliosa della tua famiglia?»

Emma la guardò un po' contrariata: «Guarda che lo ero anche prima, sai».

Laia alzò le mani al cielo «Ok, ho capito. È uno di quei momenti in cui sbaglio qualunque cosa io dica».

Emma si mise a ridere: «Scusate».

Scesi dal bus si accordarono. Emma promise che, dopo aver parlato con il padre, avrebbe riferito loro la conversazione e gli altri due promisero il segreto assoluto fino a dopo il flashmob.

Scesa a Walden Emma telefonò prima a Daisy, per scusarsi di averle attaccato il telefono in faccia e per raccontarle tutto quello che era accaduto: glielo doveva. Le implorò di tenersi per sé la rivelazione, e poi, con un po' di apprensione, chiamò il padre.

«Papà, sei in casa stasera?»

«Veramente stavo per uscire...»

«Qualunque cosa sia rimanda, se puoi. Ho assolutamente bisogno di vederti».

«Mio Dio, corri».

Ed Emma corse.

A casa di Ethan arrivò stanchissima.

«Mi hai spaventato. Sei pallidissima. Hai mangiato?»

«No, e non ho fame. Siediti e ascolta». e si accasciò sul divano. «Ah, mettiti comodo perché sarà una cosa lunga». Tirò fuori il cellulare per avvertire la madre che avrebbe tardato, senza accennare altro, e cominciò a raccontare.

Il resoconto durò parecchio. Mentre ascoltava, Ethan fece silenziosamente passare su un carrello portavivande bibite, formaggio, pane, sottaceti e frutta. Emma cominciò a mangiare prima timidamente e poi sempre più di gusto. Lui la imitò, aprendosi anche una birra, cosa rara per un quasi astemio. Poi si accese una sigaretta, cosa ancora più rara per un quasi» non» fumatore. Alla fine guardò la figlia e commentò: «Mi sento come un pugile suonato e mi sento anche un cretino per non aver dato molto credito a questa storia degli eredi. Hai dovuto gestire da sola una cosa enorme, e non è giusto. Ma l'hai gestita alla grande, e penso che tu abbia ragione anche sulla linea da tenere. Su una cosa sola non sono d'accordo: dobbiamo parlare subito con la nonna. La sola che può prendere una decisione è lei. È la più coinvolta di tutti».

«Ok, È giusto. Ma avevo bisogno del tuo aiuto. E non ho detto nulla alla mamma perché è una cosa degli Swan prima di tutto».

Il padre annuì pensoso mentre stava già componendo il numero di Leda. «Mamma. Vieni da noi, per favore. Puoi? O passiamo da te?... Ok».

«Viene lei. Sarà qui in pochi minuti. Stava tornando dal cinema. Quella donna è incredibile...ha più vita sociale di te e me messi assieme».

«Ha fatto domande?»

«Ma lo hai sentito il tono della mia voce? Non si è nemmeno data il tempo».

E infatti poco dopo Leda entrò in casa.

«Non fatemi preoccupare». disse mentre varcava la soglia. «Emma, stai bene?»

«Sì, nonna. Sto quasi bene. Sono stata trovare la vecchia Magda».

«E...»

«E ho scoperto tutto. Mi dispiace, nonna. Ma non so come dirlo... tu sei la figlia di Adele. Oh, ecco. Ce l'ho fatta».

Leda ebbe una reazione strana. Chiese solo, dispiaciuta: «E Lilian?»

E così Emma raccontò tutto una seconda volta. Mentre raccontava sua nonna taceva e annuiva piangendo silenziosamente.

«Una parte di me l'ha sempre saputo, forse. C'è un episodio della mia infanzia che mi sono sempre spiegata a modo mio, ma che ora va a posto con gli altri tasselli. Un giorno, quando avevo dieci anni, stavo tornando da scuola con le mie compagne, quando all'improvviso un signore mi fermò chiedendomi chi fossi e dove abitassi. Io mi spaventai, ma risposi educatamente come mi avevano insegnato. "Mi chiamo Leda Swan". "Chi sono i tuoi genitori?". E io "Arno e Lilian Swan". "Lilian? L'ostetrica?". Il giorno dopo, sempre al ritorno da scuola, trovai quel signore a casa da mia madre. Entrambi erano commossi e si vedeva che li avevo interrotti in qualche cosa. Lui mi salutò e lei ci presentò: "Cara, questo è lord Edward Havisham." Lui mi abbracciò all'improvviso e poi se ne andò senza dire una parola. Bé, lord Edward morì pochi giorni dopo. Forse il dolore per quello che aveva scoperto gli fu fatale. Sembrava già un uomo ammalato, ma forse sapere che sua sorella non si era fidata di lui e che era morta anche per quello fu troppo per lui. Forse fu allora che scrisse il testamento»

«Se è così lui lo scrisse pensando a te».

«Forse, ma di sicuro la vita è bizzarra, perché alla fine sono diventata la custode della sua eredità anche senza sapere».

«Cosa facciamo?» Domandò Ethan.

«Semplice, io e te, figlio mio dobbiamo trovare quei documenti. Li abbiamo, e se c'è bisogno usiamoli. Anche se spero che non servano; sarebbe bello se non fosse l'asse ereditario a decidere per villa Havisham, ma se fosse la cittadinanza di Walden a scegliere».

«Su questo non sarei così convinta, nonna. Io e Ari abbiamo fatto interviste in città, e non so se Walden si merita ancora quel luogo».

«Appunto, vediamo cosa succede. A volte le minoranze vincono e riescono a convincere gli altri a fare la cosa giusta».

«Dobbiamo chiamare anche Pernille. Ci può dare una mano». propose Ethan.

Leda si oppose: «No, lasciamola in pace. In questo momento ha altro per la testa... ci sta aiutando, ma su un altro fronte. Domani ha un comitato di redazione piuttosto complesso da gestire. Emma, tu adesso vai a casa da lei e raccontale tutto, ma dille anche che qui ce la caveremo io e tuo padre».

«Ok». Evidentemente Leda e Pernille si erano sentite, perché la nonna sapeva cose sulla madre di cui Emma era all'oscuro. Si affrettò così ad uscire e corse a casa ad aggiornare la madre. "Certo che la mia bici oggi merita un monumento, e i miei quadricipiti anche". Pensò cominciando ad accusare la stanchezza di quella domenica.

Quando entrò in casa, ben oltre l'ora di cena, con le sue notizie bomba, trovò Pernille forse più esausta di lei. Stettero a parlare fino all'una di notte, perché anche la madre aveva delle novità.

Trumpet quella mattina l'aveva convocata al giornale nella sua giornata libera per comunicarle un vero e proprio ultimatum.

Era andata chiedendosi cosa doveva aspettarsi. Scientemente aveva deciso di presentarsi da suo capo in tuta da jogging, a segnalare che era in giornata libera. Trumpet l'aveva fatta entrare nel proprio megaufficio, la aveva accolta restando in piedi e senza invitarla a sedere. «Martedì abbiamo la giornata di presentazione dell'associazione *Imprenditori generosi*. Come sai ci saranno i soci principali, il sindaco, il Rettore dell'Università, e spero qualche deputato di Charming City. Presenteremo il progetto di nuova ala dell'Università, e io dirò che sono pronto a rilevare Villa Havisham, visto che stanno per decadere i termini previsti dall'esecutore testamentario. Mi aspetto da parte del giornale una copertura totale dell'evento, con fotografi, giornalisti. E da parte tua, soprattutto, desidero la più totale lealtà».

«Cosa intendi, scusa?

Trumpet si era ostinato a restare in piedi: «Intendo che da te non voglio sentire fregnacce del tipo "l'informazione è libera". Sono il padrone, e voglio che *La voce* copra questo evento come si trattasse del matrimonio dell'anno, dell'incoronazione di un sovrano, o della notte degli Oscar. È chiaro? Quindi domani darai gli incarichi spiegando ai miei e tuoi sottoposti che devono dare fiato alle trombe»

«Anche a costo di raccontare panzane?»

«Non ci siamo capiti. Dovete raccontare panzane! Ne va del tuo posto di lavoro, mia cara. Non ci sto più ai tuoi ricatti».

«Domani riunirò il comitato di redazione e deciderò con loro come comportarmi». rispose Pernille a muso duro. «Non impongo nulla ai miei giornalisti, perché la linea di una redazione la decide la redazione».

«No, la linea la decido io».

«Non hai comperato una fabbrica di carne in scatola, mio caro».

«E invece sì. Non c'è nessuna differenza». Trumpet era imbufalito.

«Il massimo che posso concederti è di riportare la tua richiesta al comitato di redazione. Se la risposta non ti soddisferà puoi sempre licenziarmi. E adesso se non ti dispiace me ne vado e torno ad occuparmi della mia vita».

Una volta uscita, Pernille aveva prima accusato il colpo con rabbia, e poi aveva cominciato a capire. Conosceva bene quell'uomo, e sapeva che era così infuriato perché la situazione stava sfuggendogli di mano; non aveva previsto di trovarsi contro parte della cittadinanza. Chissà, forse anche il sindaco non era più così convinto. Ma conosceva anche i suoi redattori ed era certa che di fronte a un diktat come quello si sarebbero dimessi in massa, così come si sarebbe dimessa lei. E le dimissioni di mezzo giornale il giorno del suo evento Trumpet non le aveva messe in conto. Ma quello avrebbe ottenuto.

Una volta a casa si era buttata sul telefono per avvertire i suoi collaboratori principali e preparare la riunione dell'indomani. E così la trovò Emma alla fine della giornata.

La mattina seguente fu dura per tutti. Emma corse a scuola ancora in coma dalla giornata campale e la madre si preparò ad affrontare il comitato di redazione. Altrove, a casa di Leda, una task force composta dalla stessa Leda, da Ethan e da Atticus Bartholomew, chiamato in aiuto, stava pianificando la ricerca dei documenti.

Pernille si avviò al giornale con l'abbigliamento delle battaglie decisive, tailleur pantalone nero e capelli raccolti in uno chignon. Entrò in sala riunioni con il viso di marmo, si sedette e aprì la seduta con parole durissime:

«Sono la vostra direttrice da troppo poco tempo perché voi possiate fidavi di me, me ne rendo conto. Ma vorrei dirvi una cosa sola di me: sono ambiziosa, è vero, e lo dimostra il fatto che sono venuta qui apposta per poter dirigere un giornale. Speravo nel mio grande rilancio. Ma non sono disposta ad assecondare richieste della proprietà che mettono in discussione la mia integrità. Mi è stato chiesto di coprire l'evento di domani come se fossimo l'ufficio stampa aziendale di Lucius Trumpet. Mi è stato espressamente imposto di crearlo sul giornale, l'evento, ignorando le proteste e le contestazioni dei cittadini. Non posso farlo, per rispetto verso il mio mestiere e verso la città. Quindi, se questo comitato di redazione decide di votare diversamente, e di accettare l'imposizione dell'editore, mi dimetterò immediatamente: in queste condizioni io per prima non posso più essere portavoce della linea editoriale pretesa dalla proprietà. Ma se anche voi ritenete di non essere più in sintonia con l'editore vi propongo di dimetterci in massa e di obbligare la proprietà a pubblicare una lettera collettiva, che renderemo pubblica a tutta la stampa nazionale, in cui spieghiamo che non ci presteremo al ricatto. E adesso sotto con i vostri interventi».

Un anziano caposervizio, memoria stoica del giornalismo di Walden, si alzò in piedi e prese la parola. «Pernille, l'editore non può contravvenire al codice deontologico dei giornalisti, che deve garantire per prima cosa la libertà d'informazione. Quindi secondo me non dovresti dimetterti. Prepariamo il numero di domani esattamente come lo vorremmo noi. Lasciamo che sia l'editore a licenziare te e noi».

Un altro vecchio redattore si accodò: «Sono d'accordo. Noi il nostro lavoro dobbiamo farlo fino in fondo, anche perchè il dovere di cronaca ci impone di coprire l'evento».

Un giovane cronista aggiunse la sua opinione: «Molti di noi sanno che domani avverrà qualcosa di grosso. Gira ovunque la voce di un flashmob, e se non ce ne occupassimo bucheremmo una notizia grossa. Francamente non me lo perdonerei. È molto peggio che perdere il lavoro».

Gli altri interventi furono tutti di questo tenore. Alla fine il vecchio caposervizio aggiunse poche parole che commossero Pernille: «Abbiamo avuto le nostre riserve sulla tua nomina, perché venivi da fuori e ci eri stata imposta. Ma questa tua scelta, e il modo in cui hai gestito la vicenda Trumpet sono stati la prova che sei la persona giusta per questa città e per questo giornale. Quindi adesso lavoriamo e costruiamo un numero da ricordare. Chi ha paura di perdere il lavoro ha tutto il diritto di prendersi una bella influenza diplomatica, se vuole...noi lo capiremo. Ma vi dico subito che se *La voce* resta nelle mani di Trumpet e lui riuscirà ad imporci un direttore compiacente chiuderemo comunque, perché i cittadini di Walden non compreranno più il nostro giornale. La qualità paga, credetemi, anche se di questi tempi ci vogliono far credere il contrario».

«E poi mia figlia non mi parlerebbe più. Lei parteciperà al flashmob». Aggiunse la caposervizio moda. «Quindi al lavoro».

E la redazione cominciò a ripartire gli incarichi.

Mentre gli altri parlavano e facevano proposte Pernille si isolò fingendo una telefonata urgente. Aveva un groppo alla gola, e non voleva mostrarlo. Pensò che la vita riserva sempre delle sorprese: quella città sembrava volerla di nuovo, anche se lei vi era tornata con l'intenzione di sfruttare un'occasione e poi tornarsene a Charming City. Anche i vecchi rancori con Walden sembravano un ricordo sfumato, qualcosa che apparteneva ad un'altra Pernille. Ora sentiva soprattutto l'orgoglio per essere parte di qualcosa, e il desiderio di costruire davvero un giornale degno dei suoi concittadini. Peccato, si disse con un po' di amarezza, che tutto questo finirà con un licenziamento. È quando le feste finiscono che ti accorgi di esserti divertito, soprattutto le feste a cui hai partecipato controvoglia.

Mentre la nostra direttrice ormai futura disoccupata rivedeva le proprie scelte passate e presenti la suocera e l'ex marito stavano portando avanti la loro meticolosa ricerca. Atticus, da esperto archivista aveva proposto di condurre la ricerca con metodo, facendo prima di tutto un elenco di tutto ciò che era appartenuto a Lilian.

«Mah... mia madre mi ha lasciato solo dei libri, delle fotografie e alcuni documenti raccolti in questi due faldoni. Alcuni contengono le sue carte dei tempi dell'orfanatrofio... Ormai non ho altro di suo».

«Vestiti? Soprammobili? Gioielli?» Atticus cercò di farsi venire in mente altro.

«No, gioielli nessuno, soprammobili neppure, e solo questi servizi da tè che sono raccolti in una vetrinetta. Non era ricca e neppure interessata alle cose materiali. Era soprattutto una lettrice e una bevitrice di tè».

«Quadri?»

«Alcune stampe.».

«Ok, cominciamo da quello che hai elencato. Ci dividiamo in settori: siamo in tre, e possiamo fare un lavoro sistematico».

Dopo quattro ore di lavoro non avevano trovato nulla. I libri non avevano scomparti segreti, e gli oggetti nessun doppiofondo. Le stampe erano intonse, e i documenti che Lilian aveva portato da

Cider House non avevano rivelato nulla. Non sapevano più dove guardare.

«C'è qualche cosa che stai dimenticando. Ci deve essere...». Atticus la guardava fissamente. «Cassette di sicurezza di cui hai dimenticato l'esistenza? Parenti particolarmente cari a cui può aver lasciato qualcosa?»

«No. Ne sono certa. Forse dobbiamo anche accettare l'idea che quelle carte siano scomparse per motivi che non sappiamo. È passato troppo tempo. Un trasloco, un mobile perduto... Noi ci siamo trasferite qui dall'orfanotrofio, e forse allora qualche cosa è scomparso. La sola casa che mia madre ha abitato, dopo il nostro trasferimento, è questa in cui sto io ora, e se c'è stato qualche inghippo può essere stato solo in quel frangente».

Ethan non era convinto: «Non credo, mamma. Erano carte troppo importanti perché lei non le conservasse con cura, soprattutto durante un trasloco. Se è successo qualcosa, è stato dopo. E soprattutto, dopo che era già morta».

«Sono d'accordo con Ethan». Commentò Atticus. «Se è accaduto qualche cosa di imprevisto è accaduto perché tu non sapevi di avere quelle carte. Hai mai venduto o regalato qualcosa che apparteneva a tua madre?»

«Non mi pare. Anzi ne sono certa».

«E allora abbiamo finito la ricerca. – Bartholomew rispose scuotendo la testa. –A meno che non sia la casa stessa il nascondiglio. Doppi fondi nelle pareti o nei pavimenti».

«Ma andiamo, Atticus». commentò Leda. «Non stiamo esagerando?»

Ethan li guardò e si chiese se per caso sua madre nella casella "fidanzato" non avesse sostituito il sindaco con l'archivista. Ma poi si impose di non distrarsi e disse la sua: «Pranziamo, recuperiamo le energie e poi passiamo al setaccio la casa. Dobbiamo fare un ultimo tentativo. Ormai stavo cominciando a prenderci gusto, all'idea di essere il nipotino di un'affermata scrittrice».

E così fecero.

Intanto, Emma e i suoi amici, usciti da scuola, stavano concedendosi una pausa pranzo di lusso nel giardino del cafè En Rose per poter fare l'ultimo sopralluogo senza dare troppo nell'occhio. Il locale, accanto al tennis club di Walden, aveva uno splendido parco con i tavolini per gli avventori ma anche con molto spazio verde libero, perfetto per il flashmob.

«Dovremmo ringraziare Trumpet. Non poteva scegliere location migliore per il nostro spettacolino di domani». Commentò Ez.

Ari si rivolse a lui e Jakob, che avevano una macchina fotografica a testa «Fotografate tutto senza dare nell'occhio; visto che qui si stanno già muovendo possiamo avere un'idea precisa anche di dove piazzare le nostre telecamere».

Alcuni addetti stavano infatti già allestendo un'area dedicata alla presentazione, sotto il porticato del locale, liberandola dai tavolini, predisponendo un tavolo per le autorità e file di sedie per gli ospiti e per la stampa. Dietro il tavolo qualcuno stava appendendo uno striscione con la scritta "Associazione Imprenditori Generosi".

«Io mi metto sullo sfondo, Jakob. Puoi fingere di fotografare me». sorrise Daisy tutta gongolante. Senza aspettare risposta si alzò in piedi e improvvisò alcune pose.

Laia la guardò e commentò con Emma a voce bassa: «Ma guardala... proprio quando decido che in fondo non è poi tanto male, Daisy fa di tutto per farmi cambiare idea di nuovo».

Emma le lanciò una bustina di zucchero, e Maiumi le pestò un piede.

Ari, che aveva sentito, commentò con un sorriso un po' storto: «Bé, lei in questo posto per ricchi è l'unica a proprio agio. È la nostra copertura». E poi rivolgendosi a Ez: «Fotografa il tavolo delle autorità. Immagino che là di fianco domani ci saranno le telecamere delle tv. Così capiamo dove metterci per entrare nell'inquadratura».

Era tutto pronto; il flashmob era stato pubblicizzato, e quel pomeriggio avrebbero comunicato la sede a tutti gli interessati. Avevano deciso di farlo da lì, sfruttando il wi-fi del locale e spiando nel contempo la preparazione della giornata di Trumpet.

Ez e Maiumi cominciarono a mandare mail connettendosi dai due tablet che avevano portato con sé, mentre Heidi senza farsi notare passeggiava sul prato per verificarne la larghezza contando i passi. Sì, ci stavano tutti e ci stavano perfettamente anche le loro coreografie. Erano già stati lì, ma solo in quel momento, una volta capito come sarebbe stato allestito l'evento di Trumpet, potevano fare gli ultimi aggiustamenti.

Una volta terminato l'invio scaricarono le foto sul tablet di Ez e riguardarono le immagini, accordandosi sui punti da cui far entrare i partecipanti al flashmob, sulla superficie da occupare per la loro esibizione e sul luogo migliore per collocare service e altoparlanti. Quando ogni decisione fu presa si diedero appuntamento per il giorno dopo alle otto davanti a scuola. Da lì sarebbero partiti con il pulmino del gruppo di Ari. Emma gongolava all'idea che a scuola quel giorno ci sarebbero state moltissime assenze.

Meno fruttuoso era stato il pomeriggio dei tre cacciatori di documenti, che erano solo riusciti a divellere un paio di assi del parquet in un punto che pareva sospetto, ma che era solo bisognoso di un po' di manutenzione. Si erano così arresi all'evidenza del nulla.

Leda sembrava rassegnata, ma era la sola. «A questo punto possiamo solo sperare nei ragazzi e nella loro impresa di domani. Io domani sarà con loro al cafè en rose, ovviamente. E questa sera farò telefonate a tutti quelli su cui so di poter contare. Vi pregherei di fare lo stesso, e di dimenticare, almeno per un po', questa faccenda di Adele»

Ethan, molto più deluso della madre, chinò il capo e annuì: «Non vedo che altro possiamo fare. Dottor Bartholomew, grazie. La vedrò domani al flashmob?»

«Secondo te potrei perdermelo?»

Così la ricerca finì ufficialmente e Ethan comunicò per telefono alla figlia, appena rientrata dalla sua spedizione, che non avevano trovato nulla. Emma vacillò per un attimo, perché neppure per un attimo aveva ipotizzato che i documenti non ci fossero. E lo disse al padre: «È impossibile».

«Non so cosa dirti, tesoro».

«Papà, ma Lilian deve averli messi al sicuro. Ci teneva troppo. Se io dovessi nascondere qualcosa lo metterei in un luogo speciale o in un oggetto da cui mia figlia non si separerà mai. Avete guardato le foto?»

«Certo!»

«E foto incorniciate?»

«Anche! Ascolta, Emma... ora si pensa al flashmob, poi qualcosa ci verrà in mente, In fondo anche tu la pensavi così».

«Ok». Ma le pesava molto accettarlo.

Mentre si preparava ad andare a letto, ascoltò il messaggio in segreteria della madre: «Emma, non aspettarmi alzata. Qui abbiamo deciso di combattere e ne avremo fino a sera inoltrata. Domani saremo al cafè en rose in forze, e non per leccare i piedi a Trumpet. Ti voglio bene».

«Anch'io, mamma». Rispose a voce alta guardando la segreteria con affetto.

E venne il giorno.

L'evento cominciò. La conferenza stampa era programmata per le 10 di mattina. Trumpet aveva fatto portare rinfreschi principeschi per il coffee break, che aveva fatto allestire sotto il portico del locale, sotto la supervisione di impettite cameriere con la crestina. Alcune eleganti hostess da convegno erano pronte a consegnare cartelline e gadgets ai giornalisti e agli invitati. Le tv erano arrivate per prime, e i giornalisti immediatamente dopo, in grande quantità, anche da Charming City.

Ciò che Trumpet non poteva sapere, troppo preso da se stesso, era che a richiamare gli inviati dalla capitale e i molti cronisti locali era stata la notizia del flashmob più che la sua ridicola conferenza stampa. I nostri *colporteurs* si erano mescolati alla stampa, nascondendo gli abiti rossi sotto felpe e giacche: la consegna per le danzatrici era invece che arrivassero all'ultimo momento, contemporaneamente ai convocati via mail.

Trumpet accolse i suoi ospiti al tavolo delle autorità: c'erano il sindaco, il rettore dell'Università, e tutti i ricconi generosi, capitanati da Jamon, che distribuiva pacche sulle spalle a tutti con l'entusiasmo di un padre al matrimonio della figlia.

Trumpet era il cerimoniere: presentò le autorità, che invitò al tavolo con sé, ma ebbe giusto il tempo di pronunciare una pomposa frase di benvenuto: «Signori e signore, questa conferenza stampa segna l'inizio di una nuova stagione per Walden, che finalmente aprirà le porte al futuro. Accanto a me il Rettore, che ha accettato la donazione della nostra associazione, e farà dell'archivio Filò un gioiello dell'Ateneo; e noi, con il beneplacito del sindaco, ci appresteremo a fare di Villa Havisham un gioiello della nazione. Unire le forze e pensare in grande, ecco il motto degli Imprenditori generosi. Qualcuno ha voluto contestare le nostre idee, ma noi siamo qui, e li invitiamo a sfidare la Walden che avanza».

Ema e Ari si scambiarono uno sguardo di intesa, fecero un cenno a Heidi e alle sue compagne, e si tolsero la felpa facendosi largo al centro del prato.

Ari con un microfono urlò verso il tavolo delle autorità: «Non preoccuparti Trumpet, non siamo rimasti a casa. La Walden che dice no oggi vuole rubarti la scena. I muri crolleranno, come a Gerico, prima che tu riesca a vincere».

La musica partì, controllata dai ragazzi del gruppo, che si erano introdotti in quel momento con casse e impianto, e venti persone vestite di rosso cominciarono a danzare.

Altre se ne aggiunsero subito imitando i passi di danza: ragazzi della scuola, ma anche persone che Emma non conosceva. In breve era più di una cinquantina, e le telecamere erano tutte per loro.

Ma dal parcheggio ne arrivavano altre, anziane signore che si accodarono ai ballerini e provarono passi di danza, divertiti pensionati che per la prima volta si sentivano protagonisti., E poi Pernille, vestita anche lei di rosso, e Leda, Ethan, Maggie, Bartholomew, e, molto traballanti, anche Magda e Petunia, naturalmente con madame Clorette.

«Ci sono anche i miei genitori...» Gongolava Ez. «Pensate, mio padre è anche uscito dal suo bunker».

C'era anche Irene, accompagnata da un signore elegante e imbarazzato, che era sicuramente il papà di Ari. Jakob fece un cenno a Emma: «C'è mio padre». E indicò un signore bello ed elegante che li fotografava e cantava a squarciagola.

Maiumi e Laia distribuirono fotocopie in quantità del testo della canzone, e quando la traccia musicale fu finita, trasformarono lo spettacolo danzante in un coro, sostituendosi alla voce di Paul Weller, il cantante degli Style Council. Il ritornello stava diventando un inno:

Are you gonna realize
The class war's real and not mythologized
And like Jericho - you see walls can come tumbling down

Jakob prese il microfono e urlò: «E adesso, questa diventerà la nostra festa. La tua è già finita».

Alle sue parole i ragazzi del gruppo mandarono altri brani e il prato diventò una discoteca all'aperto. Emma e le amiche corsero a prendere uno striscione che attaccarono davanti al tavolo delle autorità: *Walden si riprende Walden*. Trumpet urlava al microfono: «Chiamerò la polizia. Siete tutti testimoni... questa è un'aggressione».

Il sindaco, che stava cominciando a divertirsi gli strappò il microfono: «Ma taci, cretino. E cosa dirai alla polizia? Che qualcuno si è imbucato alla tua festa? Non vedi che sono più di un centinaio? Cosa vorresti, far picchiare gli anziani della città?»

Il rettore, allibito, si rivolse a Trumpet: «Lei mi aveva garantito che c'era un consenso diffuso in città, per questa sua operazione. Non mi pare proprio. L'Università si chiama fuori da questa faccenda. Si tenga pure i suoi soldi».

«Ma lei non può... ma non vede che sono solo un gruppo di facinorosi?»

«Facinorosi? Ma mi faccia il piacere. C'è anche mia suocera...», e imbufalito se ne andò.

La festa

Ma mentre si avviava si fermò davanti ai giovani vestiti di rosso, che aveva capito essere all'origine di tutto. «Ragazzi. La mia università sarà orgogliosa di avervi per studenti. Sono stato ingenuo, ma so fare marcia indietro».

Emma fece cenno ai ragazzi di spegnere la musica e si avvicinò al tavolo delle autorità con il microfono in mano: «Allora, sindaco. Aspettiamo una parola da lei».

Maldonado capì che gli veniva offerta la possibilità di ripulire la propria immagine davanti alla città:

«Nessuno toccherà Villa Havisham. L'archivio non se ne andrà e tutto resterà come prima. La città ha il diritto di avere ciò che chiede con tanto trasporto. Io non sono insensibile al vostro grido di dolore».

Emma commentò a bassa voce: «Che ipocrita. Non capisco cosa ci trovasse mia nonna in lui».

«Neanch'io...» commentò Atticus Bartholomew che era accanto a lei.

«Bé, fisicamente è ben conservato...» Aggiunse Emma.

«Ma per favore. Io sono più bello, oltre che più intelligente».

«Dottor Bartholomew. Non la facevo così vanesio».

In quel mentre, il padrone del cafè En Rose si impossessò del microfono all'ormai ex tavolo delle autorità: «Gentili signori, poiché i rinfreschi sono già stati pagati dagli Imprenditori Generosi, proporrei che vi faceste sotto e vi serviste. I tavolini sono a vostra disposizione e ormai è mezzogiorno, ora dell'aperitivo. Proporrei anzi un brindisi alla tenacia degli abitanti di Walden».

E così un centinaio abbondante di cavallette trasformò definitivamente la conferenza stampa in una festa. Emma e i suoi amici accesero di nuovo mixer e impianto stereo dando di nuovo il via alle danze. Gli anziani si impossessarono allegramente dei tavolini, prime fra tutte Petunia, Magda, e madame Clorette, stranamente di buon umore e in serrato dialogo con una bottiglia di champagne. Con loro si sedettero Maggie, Ethan, Bartholomew e Leda.

Emma li raggiunse poco dopo con la madre. Quando si sedettero Leda stava parlando con le due anziane amiche della madre della recente rivelazione che aveva sconvolto la sua vita. Petunia scuotendo la testa commentava: «L'ho sempre immaginato. Ti perdono per non avermi dato fiducia, Magda».

La vecchia Magda, tenendo con la destra la mano di Leda e con la sinistra quella dell'amica di tutta la vita era commossa: «Non sai quanto ho desiderato dirtelo. Ma avevo promesso». E rivolgendosi a Leda: «Ma è stato comunque tutto inutile se non avete trovato nulla».

Si interruppe pensosa, poi continuò: «Deve esserci qualcosa. Per Lilian la vita ruotava attorno a te, Leda e al ricordo di Arno. Non c'è una foto di tuo padre incorniciata da qualche parte?»

«No. Credimi. Foto ce ne sono, ma non incorniciate». Leda scuoteva il capo.

Laia e Daisy, che si erano avvicinate per ascoltare, si guardarono negli occhi attraversate dallo stesso pensiero. Ma fu Daisy a parlare:

«L'attestato del Comune. Quello in memoria di suo padre, madame Leda. Si ricorda che ce lo ha mostrato nel suo ufficio? Lì avete guardato?»

Tutti si girarono. Il silenzio calò per un attimo, seguito dalla voce di Emma. «Ma certo, nonna. Lì non ci avete guardato?»

«Oh mio dio, no. È in ufficio da sempre, dietro la mia scrivania. E non ci ho pensato affatto».

«Bé...» Ethan stava ricominciando a sperare. «Credo sia il caso di fare un tentativo. Che ne dite?»

Si alzarono tutti di botto, tranne ovviamente le due anziane, che avevano qualche problema di locomozione e madame Clorette, che stava ancora sussurrando paroline dolci alla bottiglia di champagne.

Maggie fu la prima a parlare: «Io porto a casa mia madre e Petunia, anche perché penso che madame Clorette sia... ehm... indisposta. Mi assicuro che arrivino a casa sane e salve. Voi correte!»

Ethan, Pernille, Atticus e Leda si alzarono per correre alla villa a verificare. Emma e le sue amiche dovevano aiutare Jakob, Ari e gli altri ragazzi del gruppo a riporre tutto il materiale che avevano portato.

«Vi raggiungiamo dopo», urlò Emma alla nonna.

Ez e Maiumi erano ai loro computer ad inviare via internet tutte le immagini del flashmob, per dare all'evento la massima copertura, e gli altri stavano caricando il furgone con il service. Emma, Ez e Laia avevano raccontato la rivelazione di Magda solo a Daisy, ma non a loro. Ora era arrivato il momento, e Emma per l'ennesima volta narrò tutta la vicenda di Adele.

«Mi dovete scusare, ragazzi. È stata mia nonna a chiedermi ti tenere il segreto per un po'. Non volevo tagliarvi fuori».

Jakob commentò: «Bé, abbiamo sempre creduto che l'insistenza di Daisy per questa vicenda non avrebbe mai portato a nulla. Quindi in fondo siamo stati noi per primi a tagliarci fuori dalla vostra indagine».

Ari diede ragione all'amico e poi propose: «Però adesso sarebbe bello vedere cosa c'è in quel quadro dietro la scrivania di tua nonna. Andiamo tutti?»

Così montarono sul furgone e corsero a villa Havisham.

Nello stesso momento, nel suo ufficio, Leda stava rivoltando la cornice della pergamena che esaltava l'eroismo di Arno Swan. E disse la frase che tutti speravano di sentire: «Qui c'è qualcosa».

Avvolti un una busta di cellophan c'erano la memoria autografa delle ostetriche, il certificato di nascita, quello di adozione e la fotografia di un neonato. Leda scoppiò in lacrime.

I ragazzi arrivarono quando ormai il momento di pathos era terminato. Rimasero ugualmente senza parole, e si passarono muti le prove di qualcosa di cui avevano sempre dubitato.

Epilogo

I giorni successivi al flashmob erano stati intensi. Pernille, come previsto, aveva perso il lavoro, ma per breve tempo. Era stata licenziata, e con lei l'intera redazione. Ma il gesto successivo compiuto da Trumpet fu quello di mettere in vendita "La Voce".

I redattori proposero alla loro direttrice di fondare una cooperativa e rilevare la proprietà; Pernille, dopo averci pensato dieci secondi disse di sì, ma chiese al redattore anziano di diventare direttore al posto suo. Aveva troppa voglia di scrivere un altro libro. Aveva pronto anche il titolo: *L'eredità di Adele Filò e la grande sfida di Walden*. Trumpet le mandò un enorme mazzo di fiori con un bigliettino: «Alla migliore. Mi devi ancora un viaggio alle Maldive».

La risposta di Pernille nessuno l'ha mai saputa.

E Leda? Aspettò un paio di giorni e poi si recò nell'ufficio del sindaco con i documenti di Adele.

Glieli mostrò e, quando Maldonado si fu ripreso dalla sorpresa, gli fece una proposta: «Non voglio reclamare la mia eredità. Mi accorderò con il notaio per una donazione. Ma ci sarà una clausola, non più relativa all'archivio, bensì all'uso della villa. Se non sarà adibita a attività culturali di pubblica utilità la famiglia Swan rientrerà in possesso dell'edificio e del parco. Ma la gestione della proprietà dovrà essere decisa fin d'ora da una Fondazione di cui faranno parte tutte le associazioni che vi svolgono attività e un rappresentante della mia famiglia. Per ora Ethan, e poi, quando sarà maggiorenne, Emma. La Fondazione dovrà avere fra i suoi membri anche gli studenti del liceo».

«E se volessi obiettare?»

«Non puoi. Dopo le dichiarazioni che hai fatto davanti alla stampa di tutta la nazione non puoi fare marcia indietro, e lo sai».

«E dopo tu e io potremo ricominciare a vederci? In fondo è bene tutto quel che finisce bene».

«Scordatelo».

E uscì dall'ufficio con un sorriso.

E la nostra Emma? Qualche giorno dopo il flashmob, guardando il calendario, si accorse che mancava una settimana alle vacanze di primavera; il clima sempre temperato e californiano di Walden faceva dimenticare lo scorrere delle stagioni... la neve a Natale era la sola cosa che rimpiangesse di Charming City.

Pensò agli amici che aveva trovato, a Jakob, che forse aspettava da lei un segnale. Ad Ari, da cui forse era lei ad aspettare un segnale. Alle sue amiche, e all'anno scolastico che ancora era ben lontano dalla fine.

E i *colporteurs*? Avrebbero trovato sicuramente qualche altra battaglia da combattere. Emma ne era sicura. Sorrise fra sé, indossò pantaloncini e scarpette e uscì a correre.

Epilogo dell'epilogo

Qualche settimana dopo Leda ricevette una lettera dall'esecutore testamentario.

"Gentilissima. La invito nel mio studio per regolare ogni cosa riguardo all'eredità e alla fondazione cui intende dar vita. Nel momento in cui le pratiche per il suo inserimento nell'asse ereditario saranno espletate potrò consegnarle anche alcune carte sigillate che Lord Havisham lasciò prima di morire e che sono sue di diritto. Non gliene ho parlato prima perché neppure io sapevo della loro esistenza. Le ho ricevute per posta ieri. Il mittente è ignoto. Ma ormai in questa storia abbiamo smesso di stupirci, vero? A presto.
La riverisco

Notaio Ezechiele Purvis"

Nota di edizione

Questo libro

Chi era davvero Adele Filò, la scrittrice nativa di Walden, scomparsa misteriosamente da più di mezzo secolo? E riusciranno Emma e i suoi amici a sventare i segreti progetti dell'avido Trumpet che vuol mettere le mani sulla città?E chi erano *Les Colporteurs*? ***Emma Swan e l'eredità di Adele*** ha il ritmo forsennato della grande letteratura, da cui giovani e adulti possono ricordare ed imparare qualcosa di nuovo...

L'autrice

Simona Urso, nata a Bologna nel 1966, si è occupata di storia e di altro. Insegna in un Liceo di montagna. Questo è il suo primo romanzo.

Illustrazioni di Loredana Atzei: https://www.facebook.com/redcat1234/

Le edizioni ZeroBook

Le edizioni ZeroBook nascono nel 2003 a fianco delle attività di www.girodivite.it. Il claim è: "un'altra editoria è possibile". ZeroBook è una piccola casa editrice attiva soprattutto (ma non solo) nel campo dell'editoriale digitale e nella libera circolazione dei saperi e delle conoscenze.

Quanti sono interessati, possono contattarci via email: zerobook@girodivite.it

O visitare le pagine su: http://www.girodivite.it/-ZeroBook-.html

Ultimi volumi:

Autobianchi : vita e morte di una fabbrica / di Adriano Todaro

prefazione di Diego Novelli (ISBN 978-88-6711-141-1)

Otello Marilli / di Ferdinando Leonzio (ISBN 978-88-6711-155-8)

Sei parole sui fumetti / di Ferdinando Leonzio (ISBN 978-88-6711-139-8)

Sotto perlaceo cielo : mito e memoria nell'opera di Francesco Pennisi / di Luca Boggio (ISBN 978-88-6711-129-9)

Parole rubate / redazione Girodivite-ZeroBook (ISBN 978-88-6711-109-1)

Accanto ad un bicchiere di vino : antologia della poesia da Li Po a Rino Gaetano / a cura di Piero Buscemi (ISBN 978-88-6711-107-7, 978-88-6711-108-4)

Il cronoWeb / a cura di Sergio Failla (ISBN 978-88-6711-097-1)

Col volto reclinato sulla sinistra / di Orazio Leotta (ISBN 978-88-6711-023-0)

L'isola dei cani / di Piero Buscemi (ISBN 978-88-6711-037-7)

Saggistica:

I Sessantotto di Sicilia / Pina La Villa, Sergio Failla (ISBN 978-88-6711-067-4)

Il Sessantotto dei giovani leoni / Sergio Failla (ISBN 978-88-6711-069-8)

Antenati: per una storia delle letterature europee: volume primo: dalle origini al Trecento / di Sandro Letta (ISBN 978-88-6711-101-5)

Antenati: per una storia delle letterature europee: volume secondo: dal Quattrocento all'Ottocento / di Sandro Letta (ISBN 978-88-6711-103-9)

Antenati: per una storia delle letterature europee: volume terzo: dal Novecento al Ventunesimo secolo / di Sandro Letta (ISBN 978-88-6711-105-3)

Il cronoWeb / a cura di Sergio Failla (ISBN 978-88-6711-097-1)

Il prima e il Mentre del Web / di Victor Kusak (ISBN 978-88-6711-098-8)

Col volto reclinato sulla sinistra / di Orazio Leotta (ISBN 978-88-6711-023-0)

Il torto del recensore / di Victor Kusak (ISBN 978-6711-051-3)

Elle come leggere / di Pina La Villa (ISBN 978-88-6711-029-2

Segnali di fumo / di Pina La Villa (ISBN 978-88-6711-035-3)

Musica rebelde / di Victor Kusak (ISBN 978-88-6711-025-4)

Il design negli anni Sessanta / di Barbara Failla

Maledetti toscani / di Sandro Letta (ISBN 978-83-6711-053-7)

Socrate al caffé / di Pina La Villa (ISBN 978-88-6711-027-8)

Le tre persone di Pier Vittorio Tondelli / di Alessandra L. Ximenes (ISBN 978-88-6711-047-6)

Del mondo come presenza / di Maria Carla Cunsolo (ISBN 978-88-6711-017-9)

Stanislavskij: il sistema della verità e della menzogna / di Barbara Failla (ISBN 978-88-6711-021-6)

Quando informazione è partecipazione? / di Lorenzo Misuraca (ISBN 978-88-6711-041-4)

L'isola che naviga: per una storia del web in Sicilia / di Sergio Failla

Lo snodo della rete / di Tano Rizza (ISBN 978-88-6711-033-9)

Comunicazioni sonore / di Tano Rizza (ISBN 978-88-6711-013-1)

Radio Alice, Bologna 1977 / di Lorenzo Misuraca (ISBN 978-88-6711-043-8)

L'intelligenza collettiva di Pierre Lévy / di Tano Rizza (ISBN 978-88-6711-031-5)

I ragazzi sono in giro / a cura di Sergio Failla (ISBN 978-88-6711-011-7)

Proverbi siciliani / a cura di Fabio Pulvirenti (ISBN 978-88-6711-015-5)

Parole rubate / redazione Girodivite-ZeroBook (ISBN 978-88-6711-109-1)

Accanto ad un bicchiere di vino : antologia della poesia da Li Po a Rino Gaetano / a cura di Piero Buscemi (ISBN 978-88-6711-107-7, 978-88-6711-108-4)

Neuroni in fuga / Adriano Todaro (ISBN 978-88-6711-111-4)

Celluloide : storie personaggi recensioni e curiosità cinematografiche / a cura di Piero Buscemi (ISBN 978-88-6711-123-7)

Sotto perlaceo cielo : mito e memoria nell'opera di Francesco Pennisi / di Luca Boggio (ISBN 978-88-6711-129-9)

Per una bibliografia sul Settantasette / Marta F. Di Stefano (ISBN 978-88-6711-131-2)

Iolanda Crimi : un libro, una storia, la Storia / di Pina La Villa (ISBN 978-88-6711-135-0)

Autobianchi : vita e morte di una fabbrica / di Adriano Todaro

prefazione di Diego Novelli (ISBN 978-88-6711-141-1)

Dizionario politico-sociale di Nova Milanese : Passato e presente / Adriano Todaro (ISBN 978-88-6711-151-0)

Narrativa:

L'isola dei cani / di Piero Buscemi (ISBN 978-88-6711-037-7)

L'anno delle tredici lune / di Sandro Letta (ISBN 978-88-6711-019-3)

Emma Swan e l'eredità di Adele Filò / di Simona Urso (ISBN 978-88-6711-153-4)

Poesia:

Il libro dei piccoli rifiuti molesti / di Victor Kusak (ISBN 978-88-6711-063-6)

L'isola ed altre catastrofi (2000-2010) di Sandro Letta (ISBN 978-88-6711-059-9)

La mancanza dei frigoriferi (1996-1997) / di Sergio Failla (ISBN 978-88-6711-057-5)

Stanze d'uomini e sole (1986-1996) / di Sergio Failla (ISBN 978-88-6711-039-1)

Fragma (1978-1983) / di Sergio Failla (ISBN 978-88-6711-093-3)

Raccolta differenziata n°5 : poesie 2016-2018 / di Victor Kusak (ISBN 978-88-6711-149-7)

Libri fotografici:

I ragni di Praha / di Sergio Failla (ISBN 978-88-6711-049-0)

Transiti / di Vicotr Kusak (ISBN 978-88-6711-055-1)

Ventimetri / di Victor Kusak (ISBN 978-88-6711-095-7)

Visioni d'Europa / di Benjamin Mino, 3 volumi (ISBN 978-88-6711-143_8)

Cataloghi:

ZeroBook: catalogo dei libri e delle idee 2018

ZeroBook: catalogo dei libri e delle idee 2017

ZeroBook: catalogo dei libri e delle idee 2016

ZeroBook: catalogo dei libri e delle idee 2015

ZeroBook: catalogo dei libri e delle idee 2012

Catalogo ZeroBook 2007

Catalogo ZeroBook 2006

Riviste:

Post/teca, antologia del meglio e del peggio del web italiano

ISSN 2282-2437

https://www.girodivite.it/-Post-teca-.html

Girodivite, segnali dalle città invisibili

ISSN 1970-7061

https://www.girodivite.it

https://www.girodivite.it

ZeroBook catalogo delle idee e dei libri

bimestrale

https://www.girodivite.it/-ZeroBook-free-catalogo-puoi-.html

www.ingramcontent.com/pod-product-compliance
Lightning Source LLC
Chambersburg PA
CBHW051129020726
47501CB00005B/1420